ns

Edgar Allan Poe

Auguste DUPIN

O primeiro detetive

São Paulo,
2020

Auguste Dupin: o primeiro detetive

Tradução: Fátima Pinho / Oscar Nestarez / Marta Fagundes
Revisão: Jéssica Reinaldo / Equipe Novo Século
Capa, projeto gráfico e diagramação: Jacob Paes

Texto de acordo com as normas do Novo Acordo Ortográfico da Língua Portuguesa (1990), em vigor desde 1º de janeiro de 2009.

Dados Internacionais de Catalogação na Publicação (CIP)
Angélica Ilacqua CRB-8/7057

Poe, Edgar Allan, 1809-1849
Auguste Dupin : o primeiro detetive / Edgar Allan Poe ; tradução de Fátima Pinho, Oscar Nestarez, Marta Fagundes. -- Barueri, SP : Novo Século Editora, 2020.

1. Ficção norte-americana 2. Ficção policial I. Título II. Pinho, Fátima III. Nestarez, Oscar

19-1734 *CDD 813.6*

Índices para catálogo sistemático:
1. Ficção norte-americana 813.6

uma marca do
grupo novo século

GRUPO NOVO SÉCULO
Alameda Araguaia, 2190 — Bloco A — 11º andar — Conjunto 1111
CEP 06455-000 — Alphaville Industrial, Barueri — SP — Brasil
Tel.: (11) 3699-7107 | E-mail: atendimento@gruponovoseculo.com.br
www.gruponovoseculo.com.br

Sumário

Quais as canções que cantavam as Sereias, ou que nome Aquiles adotou quando se escondeu entre as mulheres: embora enigmáticas, tais questões não estão acima de toda a conjectura.

Sir Thomas Browne

OS ASSASSINATOS DA RUA MORGUE

As características das inteligências consideradas analíticas são, em si mesmas, pouco suscetíveis a análises. Só as apreciamos através de seus efeitos. Sabemos, entre outras coisas, que para aqueles que as possuem em alto grau, são sempre a fonte do mais vivo prazer. Assim como o homem forte vibra com sua habilidade física, e se deleita com aqueles exercícios que chamam seus músculos para a ação, assim o analista encontra satisfação na atividade moral que *desembaraça* as coisas. Ele encontra prazer até mesmo nas ocupações mais triviais que coloquem em ação seus talentos. Adora os enigmas, as charadas e os hieróglifos; exibe, na solução de cada um deles, um grau de *perspicácia* que parece sobrenatural às pessoas comuns. Seus resultados, obtidos através do método, em toda a sua alma e essência, apresentam, na verdade, toda a aparência da intuição.

A faculdade da resolução é possivelmente bastante fortalecida pelo estudo das matemáticas, especialmente por seu ramo mais alto, que, injustamente, e apenas em função de suas operações retrógradas, vem sendo chamado de análise, *par excellence**. Todavia, calcular não é o mesmo que analisar. Um enxadrista, por exemplo, faz a primeira, sem se esforçar pela segunda. Segue-se que o jogo de xadrez, em seus efeitos sobre a natureza da inteligência, é muito mal compreendido. Não estou agora escrevendo um tratado, mas simplesmente prefaciando uma narrativa um tanto peculiar através de observações bastante aleatórias. Dessa forma, aproveitarei a oportunidade para afirmar que os poderes mais altos da inteligência reflexiva são utilizados de forma mais decidida e mais útil em um humilde jogo de damas do que na frivolidade complicada do xadrez. Neste último, onde as peças têm movimentos diferentes e *bizarros*, com valores diversos e variados, aquilo que é apenas complexo é confundido (um erro bastante comum) com o que é profundo. Aqui, o jogo clama por *atenção*. Se esta falhar por um instante, o jogador comete um descuido que terá como resultado uma perda ou a derrota. Uma vez que os movimentos possíveis não são apenas variados, mas também intrincados, as possibilidades de descuido são multiplicadas; e em nove entre dez casos, é o jogador mais concentra-

* Por excelência.

do, e não o mais inteligente, quem vence. No jogo de damas, ao contrário, em que os movimentos são *únicos* e com pouca variação, as probabilidades de descuido são menores e a atenção fica relativamente ociosa, as vantagens obtidas por qualquer das partes são obtidas através de uma *perspicácia* maior. Para sermos menos abstratos, suponhamos um jogo de damas em que as peças estão reduzidas a quatro damas e no qual, é claro, não se espere qualquer distração. É óbvio que aqui a vitória pode ser decidida (se os adversários estão em igualdade de condições) somente através de algum movimento *recherché*,* resultado de um grande esforço do intelecto. Desprovido de recursos ordinários, o analista penetra no espírito do oponente, identifica-se com ele e, com frequência, vê, num relance, o único método (às vezes absurdamente simples) pelo qual pode induzi-lo a um erro ou encorajá-lo a um cálculo errado.

O *whist*† vem sendo notado há tempos por sua influência sobre o que é denominado poder de cálculo; e homens dotados de grande intelecto têm experimentado um prazer aparentemente inexplicável nesse jogo, ao mesmo tempo em que deixam de lado o xadrez, por considerá-lo uma frivolidade. Sem dúvida, não há nada de natureza semelhante que exija tanto

* Rebuscado, elaborado, sofisticado.

† Em português, *uíste*, jogo ancestral do bridge disputado com um baralho de 52 cartas, distribuídas igualmente para quatro jogadores, que compõem duas duplas adversárias.

da faculdade analítica. O melhor enxadrista do mundo cristão *pode* não ser nada além de o melhor enxadrista; mas a proficiência no *whist* implica uma capacidade para o sucesso em todos os empreendimentos importantes onde duas mentes se enfrentam. Quando falo em "proficiência", refiro-me àquela perfeição no jogo que inclui uma compreensão de *todas* as possibilidades das quais uma vantagem legítima pode ser obtida. Estas últimas são não apenas múltiplas como multiformes, e frequentemente se encontram em recessos da mente totalmente inacessíveis à compreensão das pessoas comuns. Observar com atenção significa lembrar com clareza; e, nesse sentido, o enxadrista concentrado vai se sair muito bem no *whist*; pois as regras de Hoyle* (que se baseiam no próprio mecanismo do jogo) são compreensíveis, de maneira geral e satisfatória. Portanto, possuir uma memória retentiva e jogar de acordo com as regras são pontos normalmente considerados como sendo a síntese de um bom jogador. Mas é nas questões que estão além dos limites das regras que a habilidade do analista se evidencia. Em silêncio, ele faz uma miríade de observações e inferências. Talvez assim também façam seus companheiros; e a diferença na quantidade de informações obtidas

* Edmond Hoyle (1672-1769) foi um escritor inglês, considerado o pai do *whist*. Em 1742, lançou o livro intitulado *A Short Treatise on the Game of Whist* (*Um pequeno tratado sobre o* whist), em que fala sobre sua criação.

não está na validade da inferência, mas na qualidade da observação. O conhecimento necessário é o *do que* observar. Nosso jogador não se restringe a si mesmo; e, mesmo sendo o jogo o objeto, ele não rejeita deduções de elementos externos a ele. Ele examina a fisionomia do parceiro e a compara cuidadosamente com as fisionomias de cada um de seus oponentes. Ele estuda o modo de ordenar as cartas em cada mão; muitas vezes conta trunfo por trunfo e manilha por manilha, pela forma como quem as segura olha para elas. Ele nota cada variação de expressão à medida que o jogo avança, reunindo um banco de pensamentos a partir das diferenças de expressão de segurança, de surpresa, de triunfo ou de contrariedade. Pela maneira como recolhe uma vaza, ele julga se a pessoa que a recolheu pode pegar outra do naipe. Ele reconhece o blefe pelo jeito como a carta é jogada sobre a mesa. Uma palavra casual ou inadvertida; a queda acidental ou a virada de uma carta, com a ansiedade ou a negligência com que procura ocultá-la; a contagem das vazas, com a ordem de sua disposição; o embaraço, a hesitação, a afobação ou o receio — tudo permite à sua percepção aparentemente intuitiva indicações sobre a realidade das coisas. Depois de jogadas duas ou três mãos, conhece as cartas de cada jogador e, a partir daí, descarta as suas com uma precisão de propósito tão absoluta como se o resto dos participantes estivesse jogando com as cartas abertas.

O poder analítico não deve ser confundido com a engenhosidade em sentido amplo; porque, enquanto o analista é necessariamente esperto, o homem esperto muitas vezes é claramente incapaz de análise. A faculdade construtiva ou combinatória, através da qual a engenhosidade normalmente se manifesta, e a qual os frenologistas (de maneira equivocada, a meu ver) atribuíram um órgão à parte, supondo-a uma faculdade primitiva, tem sido observada com muita frequência naqueles cuja inteligência beira, ao contrário, à idiotice, de modo a ter atraído a observação geral daqueles que escrevem sobre temas morais. Entre a engenhosidade e a faculdade analítica existe uma diferença bem maior, de fato, do que aquela entre a fantasia e a imaginação, mas de natureza estritamente análoga. Veremos que, de fato, os engenhosos são sempre fantasiosos, enquanto que os verdadeiramente imaginativos são sempre analíticos.

A narrativa que se segue parecerá ao leitor, de certa forma, uma ilustração das proposições que acabo de apresentar.

Quando residi em Paris, durante a primavera e parte do verão de 18—, conheci um senhor chamado C. Auguste Dupin. O jovem cavalheiro era de uma excelente — de fato, ilustre — família, porém, por uma série de eventos desfavoráveis, tinha sido reduzido a uma pobreza tal que a energia de seu caráter sucumbiu à desgraça, e ele desistiu de erguer-se outra vez no mundo ou de preocupar-se em recuperar sua fortuna. Por cortesia dos credores, ainda permanecia em sua posse uma pequena parte de seu patrimônio; e, com a renda que daí obtinha, conseguia, através de uma rigorosa economia, satisfazer as necessidades básicas da vida, sem se preocupar com futilidades. Os livros, na verdade, eram seu único luxo, e em Paris é muito fácil consegui-los.

Nosso primeiro encontro foi em uma biblioteca pouco conhecida na rua Montmartre, onde a casualidade de que ambos estávamos à procura do mesmo volume — um livro muito raro e extraordinário — fez com que nos aproximássemos. Voltamos a nos encontrar por várias vezes. Eu estava profundamente interessado na pequena história de família que ele relatava com detalhes e com toda aquela candura que um francês se permite quando o assunto é ele mesmo. Fiquei impressionado, também, com a extensão de suas leituras; e, acima de tudo, senti minha alma ser inspirada pelo fervor desenfreado e pelo vívido frescor de sua imaginação. Por procurar em Paris os objetivos que então buscava, senti que a companhia de um homem como esse seria um tesouro inestimável; e confiei a ele esta impressão com toda a franqueza. Afinal, ficou decidido que iríamos morar na mesma casa durante minha permanência na cidade; e como minha situação financeira era um pouco menos complicada que a dele, ficou a meu cargo alugar e mobiliar — em um estilo que se harmonizasse com a melancolia meio fantástica de nossos temperamentos —, uma mansão destruída pelo tempo e grotesca, há muito não habitada devido a superstições sobre as quais não perguntamos, e a ponto de desabar, localizada em uma parte remota e um tanto desolada do Faubourg St. Germain.

Se a rotina de nossa vida neste lugar chegasse ao conhecimento do mundo, teríamos sido considerados loucos — embora, talvez, dois loucos inofensivos. Nosso isolamento era perfeito. Não recebíamos nenhum visitante. Na verdade, a localização de nosso retiro tinha sido mantida em segredo para meus antigos amigos; e Dupin, já há muitos anos, tinha deixado de conhecer e de ser conhecido em Paris. Vivíamos para nós mesmos.

Uma das excentricidades de meu amigo (de que mais posso chamá-la?), era gostar da noite, apenas por gostar; e a essa *bizarrerie*, como a todas as outras, eu também me rendi; entreguei-me aos caprichos estranhos de meu amigo com um perfeito *abandono*. A divindade negra não podia estar conosco todo o tempo, mas podíamos fingir sua presença. Assim que o dia rompia, fechávamos todas as persianas imundas de nossa casa velha e acendíamos algumas velas que, com um perfume forte, projetavam apenas os raios de luz mais pálidos e débeis. Com a ajuda desses raios, ocupávamos nossas almas em sonhos — lendo, escrevendo ou conversando —, até que o relógio nos avisava da chegada da verdadeira escuridão. Então saíamos às ruas, de braços dados, e continuávamos a discutir os tópicos do dia ou simplesmente vagávamos sem destino até tarde, procurando, entre as luzes e sombras estranhas da cidade populosa, aquela infinidade de estimulação da mente que a observação em silêncio pode conceder.

Nessas ocasiões, eu não podia deixar de notar e admirar em Dupin (embora, por sua percepção profunda, já estivesse preparado para esperar por ela) uma habilidade analítica peculiar. Ele parecia, também, sentir um enorme entusiasmo em exercitá-la — ou, talvez, mais exatamente, em exibi-la — e não hesitava em confessar o prazer que isso lhe dava. Ele se gabava, com uma risadinha discreta, de que a maioria dos homens, do ponto de vista dele, tinha janelas no peito; e tinha o costume de acompanhar tais afirmações com provas diretas e bastante surpreendentes de seu conhecimento íntimo de meus sentimentos. Nestes momentos, sua atitude era fria e abstraída; os olhos mostravam uma expressão vazia; e a voz, em geral de um tenor sonoro, subia para um falsete que pareceria petulante não fosse pela intencionalidade e pela completa clareza com que era articulada. Ao observá-lo nesta disposição, muitas vezes me ocorria pensar na antiga filosofia da *alma bipartida* e me divertia com a ideia da existência de um duplo Dupin — o criativo e o analista.*

* Em sua tese *The Influence of Duality and Poe's Notion of the "Bi-Part Soul" on the Genesis of Detective Fiction in the Nineteenth-Century* (2010), Stephanie Craighill argumenta que o termo "Alma Bipartida", criado por Poe, tem suas origens na Psicologia Bipartite de Aristóteles, em que a alma do ser humano é dividida em duas partes: uma racional e outra irracional.

Mas não se suponha, do que acabei de dizer, que estou detalhando algum mistério ou descrevendo um romance. O que descrevi de meu amigo francês foi apenas a conclusão de uma mente fascinada ou, talvez, doentia. Mas um exemplo demonstrará melhor o caráter de suas observações nos períodos em questão.

Certa noite, estávamos passeando por uma rua longa e suja, nas proximidades do Palais Royal. Estando ambos, aparentemente, imersos em pensamentos, nenhum de nós tinha proferido uma única sílaba nos últimos quinze minutos. De repente, Dupin quebrou o silêncio com estas palavras:

"Ele é um sujeito muito baixinho, é verdade, e estaria melhor no *Théâtre des Variétés*."

"Não resta dúvida", respondi distraidamente, sem observar, a princípio (por estar absorto em reflexões), a maneira extraordinária com que ele havia penetrado em minha meditação. No instante seguinte, dei conta do acontecido e meu espanto foi profundo.

"Dupin", disse eu, com a voz rouca, "isto está além de minha compreensão. Não hesito em dizer que estou admirado, e dificilmente posso acreditar em meus sentidos. Como é possível que você soubesse que eu estava pensando em...?" Fiz uma pausa neste ponto, como que para me certificar — para que não restasse

---

Segundo Craighill, a dualidade do personagem Dupin inspirou toda a ficção policial do século XIX, cujos detetives protagonistas eram da mesma forma criativos e analistas.

dúvida — de que ele realmente sabia em quem eu estava pensando.

"Em Chantilly", disse ele. "Por que fez uma pausa? Você estava dizendo a si mesmo que a estatura diminuta dele não era adequada a papéis trágicos."

Este era, precisamente, o assunto de minhas reflexões. Chantilly tinha sido um antigo sapateiro da rua St. Denis que, tendo adquirido a febre do palco, tentou o papel de Xerxes, na tragédia de mesmo nome de Crébillon*, e foi publicamente satirizado por seus esforços.

"Explique-me, pelo amor de Deus", exclamei, "o método, se é que há algum, pelo qual você foi capaz penetrar em minha alma dessa forma." Na verdade, eu estava muito mais impressionado do que gostaria de admitir.

"Foi o vendedor de frutas", replicou meu amigo, "que o levou à conclusão de que o sapateiro não tinha altura suficiente para o papel de Xerxes *et id genus omne*†."

"O vendedor de frutas! Você me surpreende! Não conheço nenhum vendedor de frutas!"

"O homem que esbarrou em você quando entramos na rua. Deve ter sido há uns quinze minutos."

Lembrei-me então que, de fato, um vendedor de frutas, que carregava na cabeça um grande cesto cheio de

* Prosper Jolyot de Crébillon (1674-1762) foi um poeta e dramaturgo francês considerado por muitos o sucessor de Voltaire. Autor de diversas peças bem sucedidas, conseguiu encenar *Xerxes* apenas uma vez.

† "E qualquer outra coisa do gênero".

maçãs, quase tinha me derrubado por acidente, quando dobramos a esquina da rua C. com a avenida em que agora estávamos; mas o que isso poderia ter a ver com Chantilly eu não conseguia entender.

Mas não havia uma partícula sequer de *charlâtanerie** em Dupin.

"Vou explicar", disse ele. "E para que você possa compreender tudo com clareza, vamos primeiro retraçar o curso de suas meditações, do momento em que falei com você até o momento do choque com o vendedor de frutas. Os elos maiores da cadeia são os seguintes: Chantilly, Orion, Dr. Nichol†, Epicuro‡, estereotomia, as pedras da rua e o vendedor de frutas."

Há poucas pessoas que não tenham, em algum momento de suas vidas, se divertido em tentar reconstruir os passos que os levaram a determinadas conclusões. A atividade é, muitas vezes, cheia de interesse, e aquele que tenta realizá-la pela primeira vez pode ficar espantado com a distância aparentemente ilimitada e com a incoerência entre o ponto de partida e o de chegada.

* Charlatanismo.

† John Pringle Nichol (1804-1859) foi um educador, astrônomo e economista escocês, autor de obras famosas que buscavam popularizar a astronomia, nas quais defendia a hipótese nebular da criação e da evolução de sistemas solares.

‡ Epicuro de Samos (341-270 a.C) foi um filósofo grego, ardoroso defensor do atomismo: filosofia natural que pregava a existência de corpúsculos sólidos indivisíveis chamados átomos.

Imagine então minha surpresa ao ouvir o francês dizer o que disse, e quando não pude deixar de reconhecer que havia dito a verdade. Ele continuou:

"Estávamos falando sobre cavalos, se me lembro bem, pouco antes de sairmos da rua C. Este foi o último assunto que discutimos. Quando entramos nesta rua, um vendedor de frutas, com um grande cesto na cabeça, ao passar rapidamente por nós, empurrou-o sobre uma pilha de paralelepípedos amontoada em um ponto em que o calçamento está sendo consertado. Você pisou em uma das pedras soltas, escorregou, estirou levemente o tornozelo, pareceu irritado ou de mau humor, resmungou umas poucas palavras, voltou-se para olhar para o monte de pedras e então prosseguiu em silêncio. Eu não estava particularmente prestando atenção ao que você fazia, mas a observação vem se tornando para mim, ultimamente, uma espécie de necessidade.

"Você conservou os olhos no chão — olhando, com uma expressão carrancuda, para os buracos e sulcos do pavimento (foi então que percebi que você ainda estava pensando nas pedras), até que chegamos àquele beco chamado Lamartine, que foi pavimentado, à guisa de experiência, com aqueles blocos que se encaixam e se fixam uns aos outros. Ali o seu rosto se iluminou; e percebendo o movimento de seus lábios, não pude duvidar de que tenha murmurado a palavra 'estereotomia', um termo afetado aplicado a essa espécie de pavimento. Eu sabia que você não poderia dizer a si mesmo 'estereotomia', sem ser levado a pensar nas atomias, e, assim, nas teorias de Epicuro*; e uma vez que, quando discutimos este assunto há pouco tempo, mencionei a forma singular, embora com pouca atenção, com que as adivinhações vagas daquele nobre grego estavam sendo agora confirmadas pela recente cosmogonia nebular, proposta pelo dr. Nichol, senti que você não poderia deixar de erguer os olhos para a grande nebulosa de Órion†, e estava seguro de que o faria. E você olhou para o céu; e agora eu tinha plena certeza de que tinha seguido corretamente seus passos. Mas naquela amarga crítica a Chantilly, que apareceu no Musée de ontem, o satirista fez algumas alusões maldosas à mudança de nome do sapateiro ao calçar os coturnos‡, e citou um verso em latim sobre o qual conversamos com frequência. Refiro-me à linha:

Perdidit antiquum litera prima sonum.§

* Atomia, a teoria de que o Universo é formado por pequenas partículas, foi um termo introduzido em 1591. Embora seja erroneamente atribuído a Epicuro, foi Demócrito (460-370 a. C.) quem considerou a matéria composta por uma infinidade de átomos.

† Órion ou Orionte foi um caçador de grande beleza, morto por Diana e transformado na grande constelação localizada no equador celeste, que pode ser vista igualmente nos dois hemisférios. A nebulosa de Órion foi avistada pela primeira vez em 1659 e contém seis grandes estrelas encerradas em uma vasta luminosidade.

‡ Em prol do trocadilho, traduziu-se o original "buskin" para "coturno". Como esse calçado é utilizado por personagens de tragédias gregas, "buskin" também significa figurativamente "tragédia".

§ Verso 536 do Livro V da obra *Fastos* de Ovídio. Em tradução literal, significa "arruinou o som com a primeira letra".

"Eu havia dito que esta citação referia-se a Órion, que antes se escrevia Úrion; e, devido a certas pungências ligadas a essa explicação, eu estava ciente de que você não iria esquecê-la. Estava claro, portanto, que você não iria deixar de relacionar as duas ideias — de Órion e de Chantilly. Que você realmente as combinou, percebi pela expressão do sorriso que passou por seus lábios. Você pensou na imolação do pobre sapateiro. Até então, você caminhava meio encurvado; mas, nesse momento, endireitou-se de modo a mostrar sua plena estatura. Foi então que tive a certeza de que você estava refletindo sobre a figura diminuta de Chantilly. Nesse ponto interrompi suas meditações para comentar que, de fato, ele era um sujeito muito pequeno — o Chantilly — e que ele se sairia melhor no *Théâtre des Variétés*."

Pouco tempo depois disso, estávamos olhando uma edição vespertina da *Gazette des Tribunaux*, quando o seguinte parágrafo atraiu nossa atenção:

> ASSASSINATOS EXTRAORDINÁRIOS
>
> Esta madrugada, por volta das três horas da manhã, os habitantes do Quartier St. Roch foram acordados por uma série de gritos terríveis que partiam, ao que parece, do quarto andar de uma casa na rua Morgue, cujas únicas moradoras eram uma tal Madame L'Espanaye e sua filha, Mademoiselle Camille L'Espanaye. Depois de alguma demora, ocasionada pela tentativa infrutífera de conseguir entrar na casa pela

maneira convencional, a porta de entrada foi arrombada com um pé-de-cabra e oito ou dez dos vizinhos entraram, acompanhados por dois *gendarmes*.*
A essa altura, os gritos já haviam cessado; mas, enquanto o grupo subia às pressas o primeiro lance de escadas, foram ouvidas duas ou mais vozes ásperas em violenta discussão e que pareciam vir da parte superior da casa. Quando o grupo chegou ao segundo andar, também estes sons haviam cessado e tudo permanecia no mais perfeito silêncio. O grupo se espalhou e se apressou em examinar quarto por quarto. Ao chegarem a uma grande câmara na parte dos fundos do quarto andar (cuja porta, trancada a chave pelo lado de dentro, precisou ser arrombada), depararam-se com um espetáculo que encheu a todos os presentes não só de horror como de estupefação.
O apartamento estava na mais completa desordem — a mobília estava aos pedaços e tinha sido atirada em todas as direções. Havia apenas uma cama; mas o colchão tinha sido retirado dela e jogado no meio do aposento. Sobre uma cadeira, havia uma navalha manchada de sangue. Na lareira havia duas ou três mechas longas e espessas de cabelo humano grisalho, também cobertas de sangue, que pareciam ter sido arrancadas pela raiz. Espalhados pelo assoalho

* Oficial da polícia francesa.

foram encontrados quatro napoleões,[*] um brinco de topázio, três colheres grandes de prata, três colheres menores de *métal d'Alger*[†] e duas bolsas, contendo quase quatro mil francos em ouro. As gavetas de uma escrivaninha, que ficava em um dos cantos da sala, estavam abertas e tinham sido aparentemente reviradas, embora muitos objetos ainda permanecessem dentro delas. Um pequeno cofre de ferro foi descoberto no chão, embaixo do colchão (não embaixo da cama). Estava aberto, com a chave ainda na porta. Continha apenas algumas cartas velhas e outros papéis de pouca importância.

Nenhum sinal de Madame L'Espanaye foi encontrado ali; mas, ao notar uma quantidade incomum de fuligem na lareira, a chaminé foi examinada e (coisa horrível de se relatar!) de lá retiraram o cadáver da filha, dependurado de cabeça para baixo; tinha sido empurrado para cima, através da abertura estreita da chaminé, por uma distância considerável. O corpo ainda estava quente. Ao examiná-lo, foram encontradas muitas escoriações, sem dúvida, ocasionadas pela violência com que foi empurrado chaminé acima, e depois pelo esforço necessário para reti-

* Moeda francesa de prata no valor de cinco francos. Mais adiante, o Metal de Argel referido é a alpaca, também chamado de Metal Branco, usado para talheres e objetos de arte.

† Liga de metal barata, imitando a prata, feita com chumbo, estanho e antimônio.

rá-lo. No rosto, havia muitos arranhões profundos, e, no pescoço, hematomas escuros e marcas fundas de unhas, como se a falecida tivesse sido estrangulada.

Após uma meticulosa investigação de cada parte da casa, sem novas descobertas, o grupo dirigiu-se a um pequeno pátio pavimentado nos fundos do edifício, onde jazia o corpo da velha senhora, com a garganta cortada a tal ponto que, ao tentarem erguer o corpo, a cabeça caiu no chão. O corpo — e também a cabeça — estavam terrivelmente mutilados; o primeiro, ao ponto de mal conservar qualquer semelhança com um corpo humano.

Até agora, segundo acreditamos, não existe ainda a menor pista que permita solucionar esse horrível mistério.

O jornal do dia seguinte trazia os seguintes detalhes adicionais:

A TRAGÉDIA DA RUA MORGUE

Muitos indivíduos foram interrogados com relação a este caso tão extraordinário e assustador, mas ainda nada transpirou que pudesse lançar alguma luz sobre ele. Transcrevemos abaixo todas as declarações importantes obtidas.

Pauline Dubourg, lavadeira, depôs que conhecia as falecidas há três anos, tendo lavado para elas durante todo esse período. A velha senhora e a filha pareciam manter boas relações e serem muito carinhosas uma com a outra. Pagavam muito bem. Nada sabia sobre seus meios de subsistência. Achava que Madame L'Espanaye ganhava a vida como cartomante. Segundo diziam, tinha dinheiro guardado. Jamais encontrou outras pessoas na casa quando ia buscar as roupas para lavar ou vinha devolvê-las. Tinha certeza de que não tinham empregados. Parecia não haver mobília em parte alguma da casa, exceto no quarto andar.

Pierre Moreau, vendedor de tabaco, declarou que costumava vender pequenas quantidades de tabaco e de rapé a Madame L'Espanaye já há uns quatro anos. Tinha nascido no bairro e sempre residira por lá. A falecida e a filha moravam há mais de seis anos na casa em que os cadáveres tinham sido encontrados. A casa antes era ocupada por um joalheiro, que sublocava os andares superiores para várias pessoas. A casa era de propriedade de Madame L'Espanaye. Ela ficou descontente com os abusos do inquilino e mudou-se para lá, recusando-se a alugar qualquer parte do prédio. A velha senhora era meio infantil. A testemunha tinha visto a filha cinco ou seis vezes durante aqueles seis anos. As duas viviam uma vida muito retirada — e dizia-se que tinham dinheiro. Ouviu dos vizinhos que Madame L'Espanaye lia o futuro — mas não acreditava nisso. Nunca tinha visto ninguém entrar na casa, exceto a velha senhora e a filha, um carregador, vez ou outra, e um médico, umas oito ou dez vezes.

Muitas outras pessoas, que moravam na vizinhança, depuseram no mesmo sentido. Não se falou de ninguém que frequentasse a casa. Não se sabia se Madame L'Espanaye e a filha tinham parentes vivos. As persianas das janelas da frente raramente eram abertas. As persianas dos fundos estavam sempre fechadas, com a exceção daquelas do grande quarto dos fundos do quarto andar. A casa era boa — não era muito antiga.

Isidore Musèt, gendarme, testemunhou que foi chamado à casa por volta das três horas da manhã e encontrou umas vinte ou trinta pessoas diante do portão, que se esforçavam para entrar. Pouco depois, abriu o portão à força com uma baioneta — não foi com um pé-de-cabra. Teve pouca dificuldade para abri-lo, porque era um portão de duas folhas e não estava trancado nem em cima nem embaixo. Os gritos continuaram enquanto o portão estava sendo arrombado — e então cessaram de súbito. Pareciam gritos de uma pessoa (ou pessoas) em grande agonia — eram altos e prolongados, e não curtos e rápidos. A testemunha subiu as escadas à frente de todos. Ao chegar ao primeiro andar, ouviu duas vozes que travavam uma violenta discussão — uma das vozes era rouca e zangada, a outra muito mais aguda — uma voz muito estranha. Conseguiu distinguir algumas das palavras ditas pela primeira voz, que era de um francês. Tinha certeza de que não era uma voz de mulher. Conseguiu distinguir as palavras *sacré* e *diable.** A voz mais aguda era de um estrangeiro. Não tinha certeza se era uma voz de homem ou de mulher. Não conseguiu entender nada do que foi dito, mas acreditava que falava em espanhol. A situação do quarto e dos corpos foi descrita pela testemunha conforme relatamos ontem.

Henri Duval, um vizinho, prateiro, testemunhou que fazia parte do grupo que entrou primeiro na casa. Em geral, corrobora o testemunho de Musèt. Tão logo forçaram a porta, tornaram a fechá-la para manter afastada a multidão que, apesar do adiantado da hora, se reunia rapidamente. A voz aguda, pensa a testemunha, era de um italiano. Tem certeza de que não era francês. Não tinha certeza se era voz de homem. Poderia ser de mulher. Não sabia falar italiano. Não conseguiu distinguir as palavras, mas estava convencido, pela entonação, de que a pessoa era italiana. Conhecera Madame L'Espanaye e sua filha. Conversava com as duas frequentemente. Tinha certeza de que a voz aguda não pertencia a nenhuma das falecidas.

— *Odenheimer*, restaurador. A testemunha apresentou-se voluntariamente para testemunhar. Como

* "Sagrado" (no sentido blasfemo de "maldito") e "diabo". Em francês no original.

não falava francês, o depoimento foi colhido com a ajuda de um intérprete. É natural de Amsterdã. Passava em frente à casa no momento dos gritos. Duraram por vários minutos — talvez uns dez. Eram longos e altos, muito terríveis e angustiantes. Foi uma das pessoas que entraram na casa. Confirmou as declarações anteriores em todos os aspectos, exceto um: tinha certeza de que a voz mais aguda era de um homem — de um homem francês. Não conseguiu entender as palavras ditas. Eram altas e rápidas — desiguais —, ditas aparentemente tanto com medo quanto com raiva. A voz era áspera, muito mais áspera do que estridente. Não poderia classificá-la como estridente. A voz mais rouca repetiu várias vezes as palavras *sacré* e *diable*, e uma única vez, a palavra *mon Dieu*.

Jules Mignaud, banqueiro, da firma Mignaud et Fils, da rua Deloraine. É o mais velho dos Mignaud. Madame L'Espanaye tinha algumas propriedades. Tinha aberto uma conta em sua casa bancária na primavera do ano de... (oito anos antes). Depositava pequenas quantias com frequência. Nunca sacou nada até três dias antes de sua morte, quando retirou pessoalmente a quantia de quatro mil francos. Esta soma foi paga em ouro e um funcionário ficou encarregado de levá-lo à casa da depositante.

Adolphe Le Bon, funcionário da Mignaud et Fils, testemunhou que, no dia em questão, por volta do meio-dia, acompanhou Madame L'Espanaye até sua residência com os quatro mil francos guardados em duas bolsas. Assim que a porta foi aberta, Mademoiselle L'Espanaye apareceu e pegou de suas mãos uma das bolsas, enquanto a velha senhora fez o mesmo com a outra. Ele então as cumprimentou e foi embora. Não viu ninguém na rua naquele momento. É uma rua afastada, bastante solitária.

William Bird, alfaiate, testemunhou que foi uma das pessoas que entraram na casa. É de nacionalidade inglesa. Mora em Paris há dois anos. Foi um dos primeiros a subir as escadas. Escutou as vozes discutirem. A voz rouca era de um francês. Conseguiu entender várias palavras, mas não lembra mais de todas. Ouviu claramente *sacré* e *mon Dieu*. Naquele momento, havia um barulho que parecia o de várias pessoas brigando — barulho de pessoas lutando e de coisas sendo arrastadas. A voz estridente era muito alta — bem mais alta do que a voz rouca. Tem certeza de que não era a voz de um inglês. Parecia ser a voz de um alemão. Poderia ser uma voz de mulher. A testemunha não entende alemão.

Quatro das testemunhas acima, tendo sido reconvocadas, testemunharam que a porta do quarto em que foi encontrado o corpo de Mademoiselle L'Espanaye estava trancada por dentro quando o grupo chegou lá. Tudo estava em perfeito silêncio — não havia gemidos nem ruídos de qualquer tipo. Ao arrombarem a porta, não viram ninguém. As janelas, tanto do quarto da frente como o dos fundos, estavam com as persianas fechadas e trancadas por dentro. A porta que havia entre os dois cômodos estava fechada, mas não estava trancada. A porta do quarto da frente, que dava para o corredor, também estava trancada, com a chave do lado de dentro. Um pequeno quarto na parte da frente da casa, no quarto andar, no final do corredor, estava aberta, com a porta escancarada. Esse quarto estava entulhado de camas velhas, caixas e outras coisas. Todos os objetos foram cuidadosamente removidos e examinados. Não houve uma polegada em qualquer parte da casa que não tenha sido cuidadosamente vasculhada. As chaminés foram investigadas de cabo a rabo. A casa tinha quatro andares, com sótãos (*mansardes*). Um alçapão no forro tinha sido pregado com muita firmeza e não dava a impressão de ter sido aberto por anos. As testemunhas não estão de acordo quanto ao tempo decorrido entre o som das vozes discutindo e o arrombamento da porta do quarto. Alguns falaram em três minutos, outros em cinco. A porta foi aberta com muita dificuldade.

Alfonzo Garcio, agente funerário, testemunhou que reside na rua Morgue. É natural da Espanha. Fazia parte do grupo que entrou na casa. Não subiu as escadas. É um homem nervoso e ficou com receio das consequências da agitação. Escutou as vozes discutindo. A voz mais rouca falava em francês. Não pôde compreender o que estava sendo dito. A voz estridente pertencia a alguém que falava em inglês — está certo disso. Não entende a língua inglesa, mas baseou-se na entonação.

Alberto Montani, confeiteiro, testemunhou que estava entre os primeiros que subiram as escadas. Escutou as vozes em discussão. A voz rouca falava em francês. Conseguiu perceber várias palavras. A pessoa parecia estar fazendo uma repreensão. Não conseguiu entender as palavras ditas pela voz estridente. Ela falava rápido e de forma intermitente. Mas acha que as palavras eram em russo. Confirma o testemunho geral. É italiano. Nunca conversou com um nativo da Rússia.

Várias testemunhas, ao serem novamente convocadas, testemunharam que as chaminés de todos os aposentos do quarto andar eram demasiadas estreitas para permitir a passagem de um ser humano. Por "limpa-chaminés" queriam dizer escovas de limpeza cilíndricas, como aquelas que são utilizadas por aqueles que limpam chaminés. Estas escovas foram passadas para cima e para baixo no interior de toda a tubulação de chaminés da casa. Não existe porta dos fundos pela qual alguém pudesse ter descido enquanto o grupo subia as escadas. O corpo de Mademoiselle L'Espanaye estava tão entalado na chaminé que só pôde ser retirado com a ajuda de cinco ou seis pessoas.

Paul Dumas, médico, conta que foi chamado para examinar os corpos perto do amanhecer. Os corpos tinham sido colocados sobre o colchão, no quarto em que Mademoiselle L'Espanaye fora encontrada. O cadáver da jovem senhora apresentava muitos hematomas e escoriações. O fato de ter sido empurrado chaminé acima seria causa suficiente dessa aparência. A garganta estava bastante esfolada. Havia vários arranhões profundos logo abaixo do queixo, assim como uma série de manchas arroxeadas que, evidentemente, foram causadas pela pressão dos dedos. O rosto estava pavorosamente pálido, e os olhos saltavam das órbitas. A língua tinha sido parcialmente mordida. Notou-se um grande hematoma sobre o estômago, produzido, ao que tudo indicava, pela pressão de um joelho. Na opinião do senhor Dumas, Mademoiselle L'Espanaye tinha sido estrangulada até a morte por uma pessoa ou por pessoas desconhecidas. O cadáver da mãe estava horrivelmente mutilado. Todos os ossos da perna e do braço direitos apresentavam fraturas maiores ou menores. A tíbia esquerda, bem como todas as costelas do lado esquerdo, tinha se quebrado em mais de um lugar. O corpo inteiro estava assustadoramente machucado e pálido. Não era possível dizer como os ferimentos tinham sido infligidos. Um bastão pesado de madeira ou uma barra de ferro — uma cadeira, talvez —, qualquer arma grande, pesada e contundente poderia ter produzido aqueles resultados, se empunhada por um homem de grande força física. Mulher nenhuma poderia ter desferido aqueles golpes com qualquer arma. A cabeça da falecida, quando esta foi examinada pela testemunha, estava inteiramente separada do corpo e também bastante despedaçada. A garganta fora evidentemente cortada com algum instrumento muito afiado — provavelmente uma navalha.

Alexandre Etienne, cirurgião, foi chamado, juntamente com o doutor Dumas, para examinar os corpos. Confirmou o testemunho e as opiniões do senhor Dumas.

Nada mais de importância foi descoberto, embora várias outras pessoas tenham sido interrogadas. Um assassinato tão misterioso, e tão enigmático em todos os seus detalhes, nunca antes foi cometido em Paris — se é que realmente houve um assassinato. A polícia está perplexa, coisa pouco comum em casos desta natureza. Não existe, de qualquer forma, a menor sombra de uma pista.

A edição vespertina do jornal declarava que um grande tumulto ainda reinava no Quartier St. Roch, que os aposentos da casa tinham sido examinados mais uma vez, e que as testemunhas deram novos testemunhos, tudo sem o menor resultado. Um pós-escrito, entretanto, noticiava que Adolphe Le Bon tinha sido preso e encarcerado — embora nada parecesse incriminá-lo, além dos fatos que já foram detalhados.

Dupin pareceu-me singularmente interessado no progresso do caso — pelo menos assim me pareceu, a julgar por sua atitude, porque ele não fez um único comentário. Somente depois que a prisão de Le Bon foi anunciada ele pediu minha opinião sobre os assassinatos.

Pude tão somente concordar com todos os moradores de Paris ao considerá-los um mistério insolúvel. Não via meios que pudessem levar à identificação do assassino.

"Não podemos chegar a uma conclusão", disse Dupin, "a partir de uma investigação tão superficial. A polícia parisiense, que é tão elogiada por sua *perspicácia*, é esperta, mas nada mais. Não existe método em seus procedimentos, além do método que é sugerido pelo momento. Apresentam uma série de medidas, mas não é raro que sejam tão mal adaptadas ao objetivo proposto, que nos trazem à mente Monsieur Jourdain, que pedia seu *robe-de-chambre — pour mieux entendre la musique.** Os resultados obtidos por eles são quase sempre surpreendentes, mas, na maior parte, são obtidos por simples diligência e atividade. Quando estas qualida-

* Monsieur Jourdain é o personagem principal da peça *Bourgeois Gentilhomme* (O Burguês Rídiculo) de Molière (1622-1673). Um negociante enriquecido que se demonstra cada vez mais ridículo em seu desejo de elevar-se socialmente. No ato I, cena II, ele pede seu robe de chambre *pour mieux entendre la musique* ou "a fim de melhor ouvir a música".

des faltam, seus esquemas falham. Vidocq*, por exemplo, era um bom adivinhador e um homem perseverante. Porém, como seu pensamento carecia de educação, ele pecava continuamente pela própria intensidade de suas investigações. Prejudicava sua visão por segurar os objetos perto demais. É possível que visse um ou dois pontos com clareza extraordinária, mas, ao fazê-lo, ele, necessariamente, perdia a visão do conjunto. Assim, existe o problema do excesso de profundidade. A verdade nem sempre está no fundo de um poço. Na verdade, no que diz respeito aos conhecimentos mais importantes, creio que esteja sempre na superfície. A profundidade está nos vales em que a buscamos, e não no topo das montanhas onde é encontrada. Os modos e as fontes deste tipo de erro são bem exemplificados pela contemplação dos corpos celestiais. Olhar para uma estrela de relance — observá-la pelo canto dos olhos, voltando para ela a parte lateral da *retina* (mais suscetível às fracas impressões da luz que a parte interior) significa contemplá-la com clareza — é obter a melhor apreciação de seu brilho — um brilho que vai se enfra-

* Eugène-François Vidocq (1775-1857) foi um criminalista francês, fundador e primeiro diretor da Sûreté Nationale, a polícia civil francesa. Ex-criminoso, sua vida inspirou a criação dos personagens Jean Valjean, do épico *Os Miseráveis*, escrito por Victor Hugo e Vautrin, de Honoré de Balzac, entre outros. Fundador da primeira agência de investigação particular de que se tem notícia, Vidocq é considerado o pai da criminologia moderna.

quecendo na proporção em que voltamos a visão diretamente para ela. Neste último caso, um número maior de raios incide no olho, porém, no primeiro, existe uma capacidade de percepção mais apurada. Com o excesso de profundidade, enfraquecemos o pensamento e o deixamos perturbado; e é possível até mesmo fazer com que a própria Vênus desapareça do firmamento se a observarmos de uma forma muito demorada, muito concentrada ou muito direta.

"Quanto a estes assassinatos, vamos nós mesmos fazer algumas verificações, antes de formarmos nossa opinião a respeito deles. Um inquérito nos trará algum divertimento — (achei esquisito o uso do termo, da maneira como foi utilizado, mas não disse nada) — e, além do mais, Le Bon uma vez me fez um favor, pelo qual sou grato. Vamos visitar os aposentos e vê-los com nossos próprios olhos. Conheço G., o chefe de polícia, e não terei dificuldade em obter a permissão necessária."

A permissão foi obtida, e fomos imediatamente para a rua Morgue. Era uma dessas vielas miseráveis que ficam entre a Rua Richelieu e a Rua St. Roch. Já era fim de tarde quando chegamos lá, uma vez que esse quarteirão fica a uma boa distância daquele onde residíamos. Logo encontramos a casa, pois ainda havia muitas pessoas do outro lado da calçada, olhando para as janelas fechadas com uma curiosidade sem objetivo. Era uma casa parisiense comum, com uma entrada principal. Em um dos lados, havia uma guarita envidraçada com uma janela corrediça, que parecia ser um *loge de concierge.*[*] Antes de entrarmos na casa, andamos pela rua, dobramos a esquina em um beco e, então, dobrando outra esquina, chegamos à parte de trás da casa. Enquanto isso, Dupin examinava toda a vizinhança, e também a casa, com uma atenção minuciosa que me parecia despropositada.

Refizemos nossos passos e chegamos de novo à frente da residência. Tocamos a campainha e, depois de apresentar nossas credenciais, fomos admitidos pelos agentes que estavam de serviço. Subimos as escadas — até o aposento onde o corpo de Mademoiselle L'Espanaye tinha sido encontrado, e onde os corpos das duas falecidas ainda estavam. Como era de se esperar, o quarto continuava revirado. Não pude ver nada além do que já havia sido relatado na Gazette des Tribunaux. Dupin examinava tudo — inclusive o corpo das vítimas. Passamos então aos outros quartos, e depois fomos até o pátio; um *gendarme* nos acompanhava por toda parte. O exame nos ocupou até a noite, quando decidimos partir. A caminho de casa, meu companheiro entrou por um momento no escritório de um dos jornais diários.

Já comentei que as extravagâncias de meu amigo são muitas, e que *Je les ménagais*[†] — para essa frase, não há equivalente em inglês. Por uma dessas excentricidades,

* Portaria.

† No contexto em questão, a frase "*Je les ménageais*" significa "Eu cedia aos sentimentos dele".

recusou-se a fazer qualquer comentário sobre o assunto do assassinato até quase meio-dia do dia seguinte. Então ele me perguntou, de súbito, se eu havia observado qualquer coisa *peculiar* no local da atrocidade.

Havia alguma coisa no modo como enfatizou a palavra "peculiar" que me fez estremecer, sem que eu soubesse o motivo.

"Não, nada *peculiar*", eu disse; "pelo menos, nada além do que já tínhamos lido nos jornais."

"Temo que a *Gazette*", respondeu "não tenha penetrado no horror incomum da coisa. Mas descarte as opiniões inúteis desse jornal. Parece-me que esse mistério é considerado insolúvel, pela mesma razão que deveria fazer com que fosse de fácil solução — quero dizer, pelo excesso, pelo *outré* de características. A polícia está confusa pela aparente ausência de motivos — não para o assassinato em si — mas para as atrocidades cometidas. Estão confusos, também, pela aparente impossibilidade de relacionar as vozes ouvidas na discussão com o fato de que ninguém foi encontrado no andar de cima, a não ser Mademoiselle L'Espanaye, morta, e de que não havia nenhuma maneira de escapar dali sem ser notado pelo grupo que subia as escadas. A desordem bárbara do quarto; o cadáver enfiado, de cabeça para baixo, na chaminé; a mutilação assustadora da velha senhora; essas considerações, mais aquelas que acabei de mencionar, e outras que não preciso comentar, foram suficientes para paralisar o poder de raciocínio dos policiais e confundir por completo a *perspicácia* de que tanto se vangloriam. Caíram no erro grosseiro, mas comum, de confundir o insólito com o obscuro. Mas é por esses desvios do plano do comum que a razão encontra seu caminho, caso seja possível, para a busca da verdade. Em investigações como essa, que agora estamos fazendo, não deveríamos perguntar 'o que aconteceu', mas 'o que aconteceu agora que nunca tenha acontecido antes'. Na verdade, a facilidade com que chegarei, ou já cheguei, à solução desse mistério está em proporção direta com sua aparente insolubilidade aos olhos da polícia."

Olhei para meu interlocutor com um estarrecimento mudo.

"Estou agora esperando", ele continuou, olhando em direção à porta de nossa casa. "Estou agora esperando uma pessoa que, embora talvez não tenha sido o autor dessa carnificina, deve estar envolvido, de alguma forma, em sua execução. É provável que seja inocente no que diz respeito à pior parte dos crimes cometidos. Espero estar certo nessa suposição; porque sobre ela construí minha expectativa de solucionar todo o quebra-cabeça. Espero a chegada desse homem aqui — nesta sala — a qualquer momento. É verdade, ele pode não vir; mas é provável que venha. Se ele vier, será necessário detê-lo. Aqui estão as pistolas; e nós dois sabemos como usá-las quando a ocasião exige que as usemos."

Peguei as pistolas, sem saber ao certo o que fazia, e sem acreditar no que acabara de ouvir, enquanto Dupin continuava a falar, como se estivesse falando sozinho. Já comentei sobre como ele adotava um ar distante nesses momentos. O discurso dele era dirigido a mim; mas a voz, embora não fosse alta, tinha aquela entonação que normalmente se emprega quando se fala com alguém que está a uma grande distância. Os olhos, sem nenhuma expressão, estavam fixos na parede.

"Que as vozes ouvidas na discussão", ele disse, "pelo grupo que subia as escadas, não eram as vozes das mulheres, ficou completamente provado pelas evidências. Isso nos livra de toda dúvida sobre a possibilidade de que a velha tenha primeiro assassinado a filha e depois cometido suicídio. Falo sobre isso apenas por uma questão de método; porque a força de Madame L'Espanaye não teria sido suficiente para a tarefa de enfiar o cadáver da filha chaminé acima, da forma como foi encontrado; e a natureza das feridas em seu próprio corpo excluem inteiramente a ideia de suicídio. O assassinato, então, foi cometido por terceiros; e as vozes dessas pessoas foram aquelas ouvidas na discussão. Permita-me agora trazer sua atenção — não sobre as declarações a respeito das vozes — mas em relação ao que existe de *peculiar* nesses testemunhos. Você observou alguma coisa peculiar nessas declarações?"

Notei que, embora todas as testemunhas tenham concordado na suposição de que a voz rouca era de um francês, houve muitas divergências com relação à voz estridente, ou, como uma das testemunhas a descreveu, à voz áspera.

"Essa é a evidência propriamente dita", disse Dupin, "mas não a peculiaridade da evidência. Você não observou nada diferente. Ainda assim, *havia* algo a ser observado. As testemunhas, como você pôde notar, concordam sobre a voz rouca; elas foram unânimes nesse ponto. Mas em relação à voz estridente, a peculiaridade não está no fato de que as testemunhas discordaram, mas de que, um italiano, um inglês, um espanhol, um holandês e um francês tentaram descrevê-la, e cada um dizendo ser a voz *de um estrangeiro*. Cada um deles tem certeza de que não era a voz de um compatriota. Cada um deles a compara — não à voz de um indivíduo de uma nação cujo idioma lhes seja familiar — mas o contrário. O francês supõe que a voz seja de um espanhol, e '*poderia ter distinguido algumas palavras se fosse familiarizado com a língua espanhola.*' O holandês sustenta que a voz era de um francês; mas vimos que, '*por não entender francês, essa testemunha foi ouvida com a ajuda de um intérprete*'. O inglês pensa que a voz era de um alemão, '*mas não compreende alemão*'. O espanhol 'está certo' de que a voz era de um inglês, mas 'julga pela entonação', '*já que não tem conhecimento algum sobre a língua inglesa*'. O italiano acredita que a voz era de um russo, mas '*nunca conversou com um russo*'. Além disso, um segundo francês diverge do primeiro, e é taxativo ao dizer que a voz era de um italiano; mas, *não conhecendo essa língua*, assim como o espanhol, 'convenceu-se pela entonação'. Então, veja que estranha e incomum *deve* ter sido, na verdade, aquela voz, para dar ensejo a testemunhos como esses! — em cujos *tons* nem mesmo cidadãos das cinco grande divisões da Europa conseguiram reconhecer nada de familiar! Você dirá que pode ter sido a voz de um asiático — ou de um africano. Nem asiáticos, nem africanos abundam em Paris; mas, sem desconsiderar a inferência, apenas chamarei sua atenção, agora, para três pontos. A voz é descrita por uma das testemunhas como 'mais repulsiva que estridente'. É caracterizada por duas outras como tendo sido 'rápida e *entrecortada*'. Palavra alguma — ou som algum assemelhado à palavra — foram mencionados por qualquer testemunha como distinguíveis."

"Não sei", prosseguiu Dupin, "qual impressão posso ter causado, até agora, ao seu entendimento; mas não hesito em dizer que deduções legítimas, mesmo advindas dessa parte dos testemunhos — da parte que diz respeito às vozes rouca e estridente — são, por si só, suficientes para levantar uma suspeita que deve nortear todo o progresso da investigação do mistério. Eu disse 'deduções legítimas', mas o sentido que quis dar a essas palavras não está totalmente expresso. Minha intenção era insinuar que tais deduções são as *únicas* adequadas, e que minha suspeita surge *inevitavelmente* a partir delas, como única conclusão. Todavia, não revelarei que suspeita é essa por enquanto. Desejo apenas que você tenha em mente o fato de que, para mim, foi imperativa o suficiente para dar uma forma definida — uma certa tendência — às minhas investigações no quarto.

"Transportemo-nos agora, em pensamento, para esse quarto. O que devemos procurar em primeiro lugar? Os meios que os assassinos utilizaram para escapar. Não é exagero dizer que nenhum de nós acredita em eventos sobrenaturais. Madame e Mademoiselle L'Espanaye não foram assassinadas por espíritos. Os autores do feito são entes materiais, e escaparam por vias materiais. Como fizeram então? Felizmente, há apenas uma maneira de se racionar sobre esse ponto, e essa maneira *precisa* nos conduzir à uma decisão definida. Vamos examinar, um a um, os possíveis meios de fuga. Está claro que os assassinos estavam no quarto onde Mademoiselle L'Espanaye foi encontrada, ou pelo menos no quarto adjacente, quando o grupo subiu as escadas. Portanto, é apenas nesses dois apartamentos que precisamos procurar indícios. A polícia analisou o chão, o teto e a alvenaria das paredes em todas as direções. Nenhum detalhe *oculto* poderia ter escapado à sua vigilância. Mas, não confiando nos olhos *deles*, examinei com os meus. Não havia, de fato, nenhum detalhe oculto. As duas portas dos quartos que dão acesso ao corredor estavam firmemente trancadas, com as chaves na fechadura. Vejamos agora as chaminés. Embora de largura normal até uns três ou quatro metros acima da lareira, o duto, por toda a sua extensão, não admite sequer o corpo de um gato grande. Sendo absoluta a impossibilidade de fuga por elas pelo que já foi relatado, restam-nos então as janelas. Por aquelas do quarto da frente ninguém poderia ter escapado sem ser notado pela multidão que estava na rua. Os assassinos *devem* ter passado, portanto, pelas janelas do quarto dos fundos. Assim, trazidos a esta conclusão da forma tão inequívoca como fomos, não é nosso papel, como pensadores, rejeitá-la por conta de aparentes impossibilidades. Só nos resta provar que essas aparentes 'impossibilidades' não são, na realidade, tão impossíveis assim.

"Há duas janelas no quarto. Uma delas está desobstruída pelos móveis, e é totalmente visível. A parte de baixo da outra fica escondida pela cabeceira da cama pesada, que está colocada bem próxima à essa janela. A primeira foi encontrada firmemente travada por dentro. Ela resistiu à força extrema empregada por aqueles que tentaram levantá-la. Havia um grande furo no batente feito com uma verruma, do lado esquerdo, e um prego bem avantajado foi encontrado encravado ali, quase até a altura da cabeça. Ao examinar a outra janela, constatou-se a existência de um prego similar, encravado da mesma forma; e uma vigorosa tentativa de levantar essa folha também falhou. Naquele momento, a polícia ficou inteiramente convencida de que a fuga não tinha se dado por essas vias. E, *portanto*, pensou-se ser desnecessário retirar os pregos e abrir as janelas.

"Minha investigação particular foi, de certa forma, mais específica, e assim foi pelo motivo que acabei de dizer: porque era ali — eu sabia — onde era *preciso* provar que o que aparentava ser uma impossibilidade não era, na realidade.

"Prossegui pensando desta forma... *a posteriori*. Os assassinos escaparam, sim, por uma dessas janelas. Assim sendo, eles não poderiam ter travado novamente as janelas por dentro, como foram encontradas — consideração que, por óbvia que era, pôs fim à investigação da polícia nesse aposento. No entanto, as janelas *foram* travadas. Elas *devem*, portanto, ter a capacidade de se travarem sozinhas. Não havia como fugir dessa conclusão*. Andei até o batente desobstruído, retirei o prego com alguma dificuldade e tentei levantar a folha. Ela resistiu a todos os meus esforços, como eu já havia previsto. Devia haver — eu agora sabia — uma mola oculta; e a confirmação dessa ideia convenceu-me de que, ao menos, minhas premissas estavam corretas, por mais misteriosas que ainda parecessem as circunstâncias que envolviam os pregos. Uma procura cuidadosa logo trouxe à luz a mola escondida. Pressionei-a e, satisfeito com a descoberta, abstive-me de abrir a janela.

* Dupin inicia aqui a alternância de dois estilos narrativos distintos: ao falar da cronologia dos eventos, ele é um mero observador de si mesmo; quando revela sua linha de raciocínio, está "transportado" para o momento e o local de sua investigação.

"Recoloquei o prego e o observei com atenção. Um indivíduo, ao passar por esta janela, poderia tê-la fechado novamente, e a mola a teria travado — contudo, o prego não poderia ter sido recolocado. A conclusão era simples, e novamente reduziu o campo das minhas investigações. Os assassinos *devem* ter escapado pela outra janela. Supondo, então, que as molas das duas janelas fossem iguais, como era provável, *devia* haver alguma diferença entre os pregos ou, pelo menos, entre as formas como foram fixados. Colocando-me sobre o estrado da cama, examinei minuciosamente o segundo batente, que ficava atrás da cabeceira. Ao deslizar a mão por trás da estrutura, descobri e pressionei a mola, que era, como já suspeitava, idêntica à sua vizinha. E então observei o prego. Era tão forte quanto o outro e, aparentemente, estava fixado da mesma forma — cravado até quase à altura da cabeça.

"Você dirá que fiquei confuso; mas, se pensa assim, não compreendeu bem a natureza das induções. Para usar uma frase esportiva, até ali eu não havia 'cometido falta'. O faro não havia sido perdido nem mesmo por um instante. Não havia defeito em nenhum elo da corrente. Eu havia rastreado o segredo até seu resultado final — e esse resultado era *o prego*. Ele tinha, eu diria, em todos os aspectos, a mesma aparência de seu companheiro da outra janela; mas esse fato era uma absoluta nulidade (por mais conclusivo que parecesse ser) quando comparado à consideração de que ali, naquele ponto, terminava a pista. '*Deve* haver algo de errado com o prego', pensei. Toquei-o, e a cabeça, com cerca de um quarto de polegada do corpo, soltou-se em meus dedos. O restante do corpo ficou no furo de verruma, onde fora partido. A fratura era antiga (as bordas estavam incrustadas com ferrugem), e, aparentemente, tinha sido provocada por uma martelada, que afundou, uma parte da cabeça do prego na madeira da janela. Recoloquei com cuidado essa parte da cabeça no lugar de onde a havia retirado, e a semelhança com um prego perfeito era completa — a fissura ficou invisível. Pressionei a mola, e delicadamente levantei a folha por alguns centímetros; a cabeça veio junto com ela, permanecendo firme em seu apoio. Fechei a janela e o prego deu, mais uma vez, a impressão de estar perfeito.

"Até aí o enigma estava decifrado. O assassino tinha escapado pela janela que ficava atrás da cabeceira da cama. Caindo por si só após a fuga (ou talvez fechada propositalmente), a janela foi travada pela mola; e foi justamente a resistência oferecida pela mola que confundiu a polícia, levando-a a atribuir a resistência ao prego — e assim, investigações adicionais foram consideradas desnecessárias.

"A questão seguinte consistia em saber de que o modo o assassino conseguira descer. Sobre esse ponto, dei-me por satisfeito com nossa caminhada ao redor da residência. A pouco mais de um metro e meio do batente em questão, ergue-se um para-raios. De sua haste teria sido impossível alguém alcançar a janela, quanto mais conseguir entrar por ela. Observei, entretanto, que as folhas das janelas do quarto andar são de um tipo peculiar, que os carpinteiros parisienses chamam de *ferrades* — um tipo raramente utilizado hoje em dia, mas visto frequentemente em antigas mansões de Lyons e Bourdeaux. Elas têm o formato de uma porta comum (uma porta simples, não de duas bandeiras), exceto que a metade inferior é entalhada ou trabalhada com treliças vazadas — proporcionando, assim, um excelente apoio para as mãos. No caso em questão, tais folhas têm quase um metro de largura. Quando as vimos da parte de trás da casa, ambas estavam abertas até quase pela metade — quer dizer, elas formavam ângulos retos com a parede. É provável que os policiais, assim como eu, tenham examinado a parte de trás da habitação; mas, se o fizeram, quando olharam as *ferrades* na linha de sua largura (algo que devem ter feito), não notaram a grande extensão dessa largura, ou então, no conjunto de todos os eventos, não levaram tal extensão em consideração. Na verdade, uma vez satisfeitos com a constatação de que fuga alguma poderia ter ocorrido por aquele aposento, entregaram-se ali a um exame bastante superficial. Contudo, ficou claro para mim que a folha da janela que ficava na cabeceira da cama, se aberta completamente, rente à parede, ficaria a uma distância de não mais do que sessenta centímetros do para-raios. Também ficou evidente que, empregado um nível incomum de presteza e coragem, uma invasão por essa janela, a partir do para-raios, pode ter sido levada a efeito — esticando-se a uma distância de sessenta centímetros (supomos agora a folha completamente aberta), um assaltante pode ter se agarrado com firmeza à parte com treliças. E depois, soltando-se do para-raios, apoiando com firmeza os pés contra a parede, e dando um salto audacioso sobre ela em seguida, ele pode ter balançado com a folha de modo a fechá-la, e, se imaginarmos que a janela estava aberta nesse momento, pode até mesmo ter balançado o corpo para dentro do quarto.

"Quero que você tenha particularmente em mente que falei de um nível *bastante* incomum de esforço como requisito para o sucesso nesse feito tão arriscado e difícil. Minha intenção é mostrar a você, primeiramente, que essa ação poderia ter sido, de fato, realizada; mas, em segundo lugar e *principalmente*, desejo chamar a atenção de seu entendimento para o caráter *bastante extraordinário* — quase sobrenatural — dessa agilidade que pode ter conseguido realizar tal proeza.

"Sem dúvida, você dirá, utilizando o linguajar da lei, que a fim de 'elucidar o meu caso', eu deveria dar menos valor a tal questão, em vez de insistir numa completa apreciação de todo o esforço requerido nessa situação. Pode ser que essa seja a prática legal, mas não é desse modo que procede a razão. Meu objetivo último é apenas a verdade. Meu propósito imediato é levá-lo a justapor o esforço *bastante incomum*, do qual acabei de lhe falar, com aquela voz estridente (ou repulsiva), muito *peculiar* e *irregular*, acerca da qual não se conseguiu ao menos duas pessoas que concordassem sobre a nacionalidade e em cuja entonação não se detectou nenhuma silabação."

Ao ouvir essas palavras, uma ideia vaga e inacabada do que Dupin queria dizer acorreu-me à mente. Eu parecia estar à beira da compreensão, sem forças para alcançá-la — do mesmo modo que, vez por outra, nos encontramos na iminência da lembrança, sem conseguirmos, no entanto, trazer o dado à lembrança. Meu amigo prosseguiu com seu discurso.

"Você verá", disse ele, "que desloquei a pergunta sobre o meio de fuga para o de acesso. Foi meu intento sugerir a ideia de que ambos se deram da mesma maneira, pelo mesmo lugar. Voltemos agora para o interior do quarto. Inspecionemos o que se apresenta ali. Foi dito que as gavetas da escrivaninha haviam sido saqueadas, embora ainda restassem diversos itens de vestuário dentro delas. A conclusão aqui é absurda. Trata-se de uma mera conjectura — bastante ingênua — e nada mais. Como podemos saber se os itens encontrados nas gavetas não eram tudo o que as gavetas originalmente já guardavam? Madame L'Espanaye e a filha levavam uma vida extremamente reservada — não recebiam visitas — raramente saíam — necessitavam muito pouco de um grande número de vestimentas. As roupas encontradas eram, no mínimo, de qualidade tão boa quanto quaisquer outras que essas mulheres pudessem ter. Se um ladrão tivesse levado alguma, por que não levaria as melhores — Por que não levou todas? Em uma palavra, por que abandonou quatro mil francos em ouro para levar uma trouxa de roupas? O ouro *foi* abandonado. Quase toda a soma mencionada por Monsieur Mignaud, o banqueiro, foi encontrada no chão, em sacolas. Assim, quero que você descarte de seus pensamentos a ideia precipitada dos policiais para a *motivação* dos assassinatos, engendrada em suas mentes por aquela parte dos depoimentos que se refere ao 'dinheiro entregue na porta da casa'. Coincidências dez vezes mais incríveis do que essa (a entrega de dinheiro e o assassinato cometido três dias após a vítima tê-lo recebido) acontecem com todos nós, a cada hora de nossas vidas, sem que atraiam atenção sequer momentânea. Coincidências são, em geral, o grande obstáculo no caminho deste grupo de pensadores que foram educados no mais completo desconhecimento da teoria das probabilidades — teoria à qual os mais gloriosos objetos da pesquisa humana devem os mais gloriosos esclarecimentos. No caso em questão, tivesse o ouro desaparecido, o fato de ter sido entregue três dias antes teria constituído algo mais do que uma simples coincidência. Seria fato corroborante da ideia da motivação. Mas, sob as reais circunstâncias do caso, se formos supor que o ouro seja a motivação de toda essa barbárie, devemos considerar também que o autor é um idiota tão vacilante que foi capaz de abandonar juntos o ouro e a motivação.

"Conservando agora em mente os pontos para os quais chamei sua atenção — a voz peculiar, a agilidade incomum e a surpreendente ausência de motivação num assassinato tão atroz como esse — atentemos à carnificina propriamente dita. Temos uma mulher estrangulada até a morte com as mãos, empurrada chaminé acima, de cabeça para baixo. Assassinos comuns jamais empregam métodos como esse. Muito menos fazem tal coisa com o corpo da vítima. Pela forma como o cadáver foi empurrado chaminé acima, você tem que admitir que há algo de *excessivamente outré* — algo totalmente incompatível com nossas noções comuns de conduta humana, mesmo supondo que seus autores sejam os mais degenerados dos seres humanos. Pense, também, em como deve ter sido enorme a força que conseguiu empurrar o corpo para *cima* numa abertura tão estreita, de um modo tão poderoso que o esforço conjunto de diversas pessoas, como se viu, quase não bastou para tirá-lo *dali*!

"Atente, agora, para outros indícios de emprego de um esforço ainda admirável. Defronte à lareira, havia mechas grossas — muito grossas — de cabelos grisalhos. Elas tinham sido arrancadas pela raiz. Você deve fazer ideia da enorme força necessária para se arrancar da cabeça vinte ou trinta fios de cabelo, que seja. Assim como eu, você viu os cachos de cabelo em questão. As raízes (que visão hedionda!) exibiam fragmentos da carne do couro cabeludo com sangue coagulado — sinal incontestável da força prodigiosa empreendida para desenraizar talvez meio milhão de fios de cabelo de uma só vez. O pescoço da anciã não estava apenas cortado, mas a cabeça encontrava-se completamente separada do corpo: o instrumento utilizado foi uma simples navalha. Quero que você observe também a ferocidade *brutal* desses atos. Sobre as contusões no corpo de Madame L'Espanaye, não me manifesto. Monsieur Dumas e seu valoroso assistente, Monsieur Etienne, declararam que tais contusões foram infligidas por algum instrumento rombudo; e até aí esses senhores estão certos. Está claro que esse instrumento obtuso foi o piso de pedra do jardim, sobre o qual a vítima caiu daquela janela que fica acima da cama. Tal ideia, por mais simples que possa parecer agora, escapou à polícia pela mesma razão que também escapou a ela a extensa largura das folhas da janela — porque, pela disposição dos pregos, suas percepções ficaram hermeticamente fechadas a qualquer possibilidade de que as janelas tivessem sido abertas.

"Se agora, além de todas essas coisas, você refletir adequadamente sobre a estranha desordem do quarto, já teremos ido longe o suficiente para conseguir combinar as ideias da espantosa agilidade, da força sobre-humana, da ferocidade brutal, da carnificina sem motivo, uma *grotesquerie* cujo horror é absolutamente alheio ao humano, e da voz que tinha sotaque estrangeiro aos ouvidos de homens de várias nacionalidades, desprovida de qualquer silabação distinta ou inteligível. O que sucedeu afinal? Que impressão causei em sua imaginação?"

No momento em que Dupin me fez a pergunta, senti um formigamento no corpo. "Um louco", disse eu, "cometeu esse ato — algum louco desvairado, fugitivo de uma *Maison de Santé** dos arredores."

"Em alguns aspectos", respondeu, "sua ideia não é irrelevante. Mas as vozes dos loucos, mesmo no paroxismo mais descontrolado, jamais se comparam a essa voz peculiar que foi ouvida das escadas. Loucos têm alguma nacionalidade, e sua língua, por mais incoerentes que sejam suas palavras, sempre guarda a coerência da silabação. Além do mais, os cabelos de um louco não se parecem em nada com isso que tenho em minha mão. Soltei esse pequeno tufo dos dedos rigidamente fechados de Madame L'Espanaye. Diga-me o que acha disto."

"Dupin!", disse eu, muito agitado. "Este cabelo é a coisa mais incomum — isto não é cabelo *humano*."

"Não afirmei que fosse", disse ele. "Mas, antes de decidirmos esse ponto, quero que dê uma olhada no pequeno esboço que rabisquei sobre este papel. É uma *reprodução* do que foi descrito em uma parte dos depoimentos como 'negros hematomas e marcas profundas de unhas' na garganta de Mademoiselle L'Espanaye e, em outra (pelos messieurs Dumas e Étienne), como 'uma série de manchas arroxeadas, evidentemente marcas de dedos'."

"Você perceberá", prosseguiu meu amigo, abrindo o papel sobre a mesa diante de nós, "que o desenho dá

* Casa de repouso.

uma ideia de apreensão firme e fixa. Não há sinal aparente de dedos *escorregando*. Cada dedo se manteve — possivelmente até a morte da vítima — terrivelmente agarrado ao ponto original. Experimente agora colocar todos os seus dedos, ao mesmo tempo, nas respectivas marcas, tal como vê."

Fiz a tentativa, em vão.

"Possivelmente, não estamos dando a essa questão um julgamento justo", disse. "O papel está aberto sobre uma superfície plana; mas a garganta humana é cilíndrica. Eis aqui uma tora de lenha, cuja circunferência é aproximadamente a de uma garganta. Enrole o desenho em torno dela e tente a experiência mais uma vez."

Fiz como fui instruído; mas a dificuldade ficou ainda mais óbvia do que antes. "Isso", disse eu, "não é marca de nenhuma mão humana."

"Leia agora", replicou Dupin, "esta passagem de Cuvier*."

Era um relato com minúcias anatômicas e descrições gerais a respeito do grande orangotango marrom-avermelhado das ilhas indonésias. A estatura gigantesca, a força e agilidade prodigiosas, a ferocidade selvagem e as

* Jean Léopold Nicolas Frédéric Cuvier (1769-1832), conhecido também como Georges Cuvier, foi um naturalista e zoólogo francês, cujos trabalhos sobre fósseis de animais lançaram as bases da Anatomia Comparada e da Paleontologia. Dentre outros setenta e dois proeminentes cientistas franceses, seu nome está gravado na face noroeste da Torre Eiffel.

propensões imitativas desses mamíferos são suficientemente bem conhecidas de todos. Compreendi plenamente e na mesma hora os horrores dos assassinatos.

"A descrição dos dedos", disse eu ao terminar de ler, "está exatamente de acordo com o desenho. Percebo que nenhum outro animal além de um orangotango da espécie aqui mencionada poderia ter deixado marcas como as que você rabiscou. Este tufo de pelo marrom-avermelhado, também, é idêntico em caráter ao da fera de Cuvier. Mas não consigo conceber de modo algum os detalhes desse pavoroso mistério. Além do mais, foram *duas* as vozes ouvidas em altercação, e uma delas era inquestionavelmente a de um francês."

"É verdade; e você há de lembrar-se de uma expressão atribuída quase que de forma unânime, pelos depoimentos, a essa voz — a expressão '*mon Dieu!*'. Isso, sob as circunstâncias, foi legitimamente caracterizado por uma das testemunhas (Montani, o confeiteiro) como uma exclamação de reprovação ou protesto. Sobre essas duas palavras, portanto, ergui minhas principais esperanças de solucionar plenamente o enigma. Um francês tinha conhecimento do crime. É possível — na verdade, mais do que provável — que seja inocente de qualquer participação nos sangrentos acontecimentos que ali tiveram lugar. O orangotango talvez tenha lhe escapado. Pode ter acontecido de tê-lo seguido até o aposento; porém, sob as perturbadoras circunstâncias que se sucederam, talvez nunca o tenha recapturado. O animal continua à solta.

Não vou prosseguir nessas conjecturas — pois não é correto considerá-las como mais do que isto —, uma vez que os contornos da análise sobre os quais estão fundamentadas não exibem profundidade suficiente para serem apreciadas por meu próprio intelecto, e também porque eu não conseguiria torná-las inteligíveis à compreensão dos outros. Vamos chamá-las, portanto, de conjecturas, e nos referiremos a elas como tal. Se o francês em questão é, de fato, como suponho, inocente dessas atrocidades, este anúncio, que deixei ontem à noite, quando voltávamos para casa, na redação do *Le Monde* (um jornal voltado a assuntos mercantis e muito procurado pelos marinheiros), o trará até nossa residência."

Estendeu-me um papel, onde li o seguinte:

CAPTURADO

No Bois de Boulogne, no início da madrugada do dia – do corrente mês (a madrugada dos assassinatos), um enorme orangotango marrom-avermelhado da espécie de orangotango-de-Bornéu. O dono (que constatou-se ser um marinheiro pertencente a uma embarcação maltesa) poderá reaver o animal identificando-se de forma satisfatória e pagando algumas despesas devidas a sua captura e guarda. Comparecer ao número ..., Rue ..., Faubourg St. Germain — *au troisième*[*].

* Significa "terceiro andar". No conto *A carta furtada*, Poe revela o endereço completo: Número 33, Rue Dunôt, Faubourg St. Germain.

"Como foi possível", perguntei, "saber que o homem é um marinheiro e que pertence a uma embarcação maltesa?"

"Na verdade, eu *não* sei", disse Dupin. "Não tenho *certeza* disso. Aqui está, porém, um pequeno pedaço de fita que, pela forma e pelo aspecto encardido, foi evidentemente utilizada para amarrar o cabelo numa daquelas longas *tranças* que os marinheiros tanto gostam. Além do mais, esse nó é um daqueles que poucos, além dos marinheiros, conseguem dar, e é peculiar aos malteses. Encontrei a fita ao pé da haste do para-raios. Não poderia ter pertencido a nenhuma das vítimas. Bem, e se, ao final, minha dedução, a partir dessa fita, de que o francês era um marinheiro pertencente a uma embarcação maltesa estiver errada, ainda assim nenhum mal causei dizendo o que disse no anúncio. Se eu estiver errado, o sujeito irá meramente supor que me deixei iludir por alguma circunstância sobre a qual não se dará o trabalho de indagar. Mas, se estiver correto, um grande objetivo terá sido conquistado. Presente, ainda que inocente, no assassinato, o francês naturalmente hesitará em responder ao anúncio — em reclamar o orangotango. Ele então vai raciocinar: 'Sou inocente; sou pobre; meu orangotango vale muito — para alguém em minhas condições, vale uma verdadeira fortuna — por que deveria perdê-lo por conta de inúteis receios de perigo? Ei-lo aqui, ao meu alcance. Foi encontrado no Bois de Boulogne — a uma enorme distância da cena da carnificina. Como poderão suspeitar que uma fera bruta possa ter cometido aqueles atos? A polícia está às escuras — fracassaram em encontrar a mais ínfima das pistas. Mas, mesmo que conseguissem seguir o rastro do animal, seria impossível provar que presenciei o crime ou imputar a mim a culpa por conta desse presença. E, além do mais, já *se sabe* de minha pessoa. O anunciante se refere a mim como dono da criatura. Não tenho certeza sobre até onde vão suas informações. Se eu não reclamar uma propriedade de tão grande valor, da qual já se sabe que sou o dono, corro o risco de levantar suspeitas, ao menos sobre o animal. Não é prudente de minha parte atrair atenção para mim ou para a fera. Vou atender ao anúncio, recuperar o orangotango e mantê-lo preso até o assunto ter esfriado."

Nesse momento, ouvimos passos nas escadas.

"Fique preparado", disse Dupin, "com suas pistolas, mas não as utilize e nem as mostre até que eu dê um sinal."

A porta de entrada da casa tinha sido deixada aberta e o visitante tinha entrado, sem tocar a campainha, e já avançava pelos degraus da escada. Em dado momento, porém, pareceu hesitar. Pouco depois, nós o ouvimos descer. Dupin já se dirigia rapidamente à porta quando, novamente, o ouvimos subir. Ele não deu meia-volta uma segunda vez, mas avançou com determinação e bateu na porta de nosso gabinete.

"Entre", disse Dupin, com um tom alegre e cordial.

Um homem entrou. Era um marinheiro, evidentemente — um sujeito alto, corpulento e musculoso, com uma certa expressão de valentia no semblante, não de todo desinteressante. Tinha o rosto bastante queimado de sol, com mais da metade escondido por suíças e um volumoso *bigode*. Tinha com ele um enorme bastão de carvalho, mas parecia, de resto, desarmado. Fez uma reverência desajeitada e nos disse "boa tarde" com um sotaque francês que, embora lembrasse um pouco o sotaque de Neuchâtel,* ainda assim era suficiente para indicar a origem parisiense.

"Sente-se, meu amigo", disse Dupin. "Presumo que esteja aqui por causa do orangotango. Devo confessar que quase o invejo por ser o dono dele; um animal incrivelmente belo e, sem dúvida, muito valioso. Que idade presume que tenha?"

O marinheiro deu um longo suspiro, com ar de quem estava aliviado de algum fardo intolerável, e então respondeu, em tom confiante:

"Não tenho como dizer, mas não deve ter mais de quatro ou cinco anos de idade. Estão com ele aqui?"

"Ah, não. Não dispomos de espaço adequado para mantê-lo aqui. Ele está em um estábulo de aluguel na Rue Dubourg, aqui perto. Você pode buscá-lo pela manhã. É claro que está preparado para identificar sua propriedade?"

* Trata-se de um cantão (estado) da Suíça, localizado na região fronteiriça à França, cujo idioma oficial é o francês.

"Certamente que estou, senhor."

"Lamentarei entregá-lo", disse Dupin.

"Não é minha intenção que tenha tido todo esse trabalho por nada, senhor", disse o homem. "Não poderia esperar tal coisa. Estou inteiramente disposto a pagar uma recompensa por ter encontrado o animal — quero dizer, qualquer coisa dentro do razoável."

"Bem", respondeu meu amigo, "isso tudo é muito justo, com certeza. Deixe-me pensar! — o que devo pedir? Ah! Já lhe digo. Minha recompensa será a seguinte: quero que me forneça todas as informações em seu poder a respeito dos assassinatos na Rua Morgue."

Dupin disse essas últimas palavras em um tom muito baixo, e com muita tranquilidade. Com a mesma tranquilidade com que, também, andou em direção à porta, trancou-a e enfiou a chave no bolso. Depois, puxou a pistola do peitilho e a pousou, sem a mínima agitação, sobre a mesa.

O rosto do marinheiro ficou vermelho como se lutasse para não sufocar. Levantou-se de repente e agarrou seu bastão; mas, no momento seguinte, desabou de volta em sua cadeira, tremendo violentamente, e com o semblante da própria morte. Não disse uma palavra. Compadeci-me dele, do fundo do meu coração.

"Meu amigo", disse Dupin em um tom bondoso, "você está se alarmando desnecessariamente — de fato está. Não pretendemos lhe causar mal algum. Dou minha palavra de cavalheiro, e de francês, de que não temos a menor intenção de prejudicá-lo. Sei perfeitamente bem que é inocente das atrocidades na Rua Morgue. Entretanto, de nada adianta negar que está, em certa medida, envolvido nos assassinatos. Pelo que já afirmei, você já deve ter notado que dispus de meios para me informar sobre esse caso — meios que você jamais poderia ter imaginado. Nesse contexto, a situação que se apresenta é a seguinte: o senhor não fez nada que pudesse ter sido evitado — nada, decerto, que o torne culpável. Não é sequer culpado de roubo, quando poderia ter roubado impunemente. Você não tem nada a esconder. Não tem motivo para isso. Por outro lado, está obrigado, segundo todos os princípios da honra, a confessar tudo que sabe. Um homem inocente acha-se preso neste momento, acusado de um crime cujo autor você pode apontar."

O marinheiro ia recobrando a presença de espírito, em grande medida, conforme Dupin pronunciava essas palavras; mas sua audácia original tinha desaparecido.

"Que Deus me ajude", disse ele, após uma breve pausa, "vou mesmo lhes contar tudo que sei acerca desse caso; mas não espero que acreditem na metade do que direi — eu seria um tolo de fato se o esperasse. Mesmo assim, sou inocente, e partirei com a alma limpa se morrer por causa disso."

O que ele afirmou foi, substancialmente, o seguinte. Ele havia feito uma viagem recente ao Arquipélago Indiano. Um grupo, do qual fazia parte, desembarcou em Bornéu, avançando pelo interior da ilha, numa excursão de lazer. Ele e um companheiro haviam capturado um orangotango. Com a morte desse companheiro, ficou com a posse exclusiva do animal. Após enormes dificuldades, ocasionadas pela ferocidade intratável do cativo durante a viagem de volta para casa, ele conseguiu, após um longo tempo, alojá-lo em local seguro, em sua própria residência em Paris, onde, a fim de não atrair para si a desagradável curiosidade dos vizinhos, manteve-o cuidadosamente recluso, até que o animal se recuperasse de um ferimento no pé, causado por uma lasca de madeira do navio. Sua intenção final era vendê-lo.

Certa noite, ou, melhor dizendo, na madrugada dos assassinatos, ao voltar para casa após uma farra de marinheiros, deu com a criatura ocupando seu próprio quarto, que invadira por um closet contíguo, onde estava — assim ele pensava — confinado e em segurança. Com uma navalha na mão e devidamente ensaboado, o animal estava sentado diante do espelho, ensaiando a operação de se barbear; coisa que, sem dúvida, vira o dono realizar pelo buraco da fechadura do closet. Aterrorizado com a visão de arma tão perigosa na posse de um animal tão feroz e tão bem capacitado a usá-la, o homem, por alguns momentos, ficou perdido quanto ao que fazer. Havia se acostumado, entretanto, a acalmar a criatura, mesmo nos momentos em que se mostrava mais furiosa, com o uso de um chicote, ao qual, naquele momento, ele recorreu. Ao ver o instrumento, o orangotango disparou imediatamente pela porta do quarto, desceu as escadas e dali, por uma janela, desgraçadamente aberta, ganhou a rua.

O francês o seguiu em desespero; o macaco, com a navalha ainda na mão, parava de quando em quando, olhava para trás e gesticulava para o seu perseguidor, até este quase alcançá-lo. Depois disparava outra vez. A perseguição prosseguiu dessa forma por um bom tempo. As ruas estavam absolutamente tranquilas, pois já eram cerca de três horas da manhã. Ao passar por uma viela atrás da Rue Morgue, a atenção do fugitivo foi atraída por uma luz brilhando na janela aberta do aposento de Madame L'Espanaye, no quarto andar da casa. O orangotango correu na direção do prédio, percebeu o para-raios, trepou na haste com incrível agilidade, agarrou-se à folha da janela, que estava aberta ao máximo, rente à parede, e, por seu intermédio, balançou-se diretamente sobre a cabeceira da cama. A proeza toda não demorou um minuto. Com o chute do orangotango ao entrar no quarto, a folha da janela voltou a se abrir.

Enquanto isso, o marinheiro estava ao mesmo tempo satisfeito e perplexo. Naquele momento, ele foi tomado por uma grande esperança de recapturar a criatura, já que dificilmente escaparia da armadilha em que se metera a não ser pelo para-raios, onde, ainda assim, poderia ser interceptado ao descer. Por outro lado, causava-lhe grande inquietação pensar no que o animal poderia fazer dentro da casa. Este último pensamento fez com que o homem retomasse o empenho na perseguição do fugitivo. Uma haste de para-raios podia ser escalada sem dificuldade, especialmente por um marinheiro; mas, quando ele chegou na altura da janela, que ficava muito longe a sua esquerda, seu avanço foi interrompido; o máximo que conseguiu foi se esticar de modo a obter alguma visão do interior do aposento. E a cena que presenciou quase o fez perder o apoio e cair, tamanho foi seu horror. Foi nesse instante que se elevaram na noite os gritos pavorosos que tiraram do sono os moradores da Rua Morgue. Madame L'Espanaye e a filha, em roupas de dormir, aparentemente estavam ocupadas na organização de alguns papéis no cofre de ferro já mencionado, que haviam puxado para o meio do quarto. O cofre estava aberto e seu conteúdo colocado ao lado, sobre o chão. As vítimas deviam estar de costas para a janela; e, pelo tempo transcorrido entre a invasão do animal e os gritos, parece provável que sua presença não tenha sido notada de imediato. A batida da janela teria naturalmente sido atribuída ao vento.

Quando o marinheiro olhou para dentro do quarto, o gigantesco animal já havia agarrado Madame L'Espanaye pelos cabelos (que estavam solto, porque ela os tinha penteado) e brandia a navalha diante do rosto da anciã, imitando os movimentos de um barbeiro. A filha jazia prostrada e imóvel; tinha desmaiado. Os gritos e a luta da velha senhora (durante os quais os cabelos lhe foram arrancados da cabeça) tiveram por efeito mudar os propósitos provavelmente pacíficos do orangotango num ataque de fúria. Com um golpe preciso do braço musculoso, quase separou a cabeça do corpo da vítima. A visão do sangue inflamou sua ira ao ponto do frenesi. Rangendo os dentes e com os olhos flamejando, ele pulou sobre o corpo da garota e cravou as temíveis garras em sua garganta, mantendo-o apertado até sua morte. Com o olhar vago e enlouquecido, dirigiu-se nesse momento à cabeceira da cama, acima da qual conseguiu ver o rosto de seu dono, petrificado de horror. A fúria do animal, que sem dúvida trazia ainda na lembrança o temido chicote, converteu-se instantaneamente em medo. Consciente de que merecia punição, pareceu-lhe conveniente ocultar seus feitos sanguinários, então saiu pulando pelo quarto numa agonia de agitação nervosa, derrubando e quebrando a mobília conforme se movimentava, e arrastando o colchão para fora da cama. Por fim, agarrou primeiro o cadáver da filha, e enfiou-o na chaminé, tal como foi encontrado; em seguida, pegou o da velha senhora, que atirou na mesma hora pela janela, de cabeça.

Quando o macaco se aproximou da janela com o fardo mutilado, o marinheiro encolheu-se horrorizado no para-raios e, deslizando por ele, disparou imediatamente para casa — temeroso das consequências daquela carnificina; e também abandonando, de bom grado, por conta de seu terror, qualquer consideração a respeito do destino do orangotango. As palavras ouvidas pelo grupo que subia as escadas eram as exclamações de horror e medo do francês, mescladas com os grunhidos demoníacos do animal.

Tenho agora muito pouco a acrescentar. O orangotango deve ter escapado do aposento pelo para-raios pouco antes do arrombamento da porta. Deve ter fechado a janela ao passar por ela. Em um momento posterior, foi capturado pelo próprio dono, que obteve pelo animal uma grande quantia no *Jardin des Plantes**. Le Bon foi solto imediatamente, assim que relatamos as circunstâncias (com algumas observações de Dupin) ao *bureau* do chefe de polícia. Esse funcionário, por mais que mostrasse boa disposição em relação ao meu amigo, foi incapaz de esconder por completo sua contrariedade com o rumo que o caso tomou, e não pôde resistir ao gracejo de um ou dois comentários sarcásticos, no sentido de como seria melhor se cada um cuidasse da própria vida.

"Deixemos que fale", disse Dupin, que não julgou necessário responder. "Deixemos que discurse; isso aliviará sua consciência. Fico satisfeito por tê-lo derrotado em seus próprios domínios. Contudo, o fato de ter fracassado na solução desse mistério, não é, de modo algum, algo tão surpreendente quanto ele considera; pois, na verdade, nosso amigo chefe de polícia é, de certa forma, astuto demais para ser profundo. Em sua argúcia não há qualquer *stamen*. Ele é todo cabeça e ne-

* Um dos sete departamentos que compõem o Museu Nacional de História Natural, sendo o principal jardim botânico da França. Dentre suas unidades, há um pequeno zoológico, fundado em 1795.

nhum corpo, como as imagens da deusa Laverna* — ou, na melhor das hipóteses, todo cabeça e ombros, como um bacalhau. Mas, apesar de tudo, trata-se de um bom sujeito. Gosto dele, sobretudo, por seu golpe de mestre em dizer platitudes, mediante as quais conquistou sua reputação de engenhosidade. Refiro-me ao modo que tem de *nier ce qui est, et d'expliquer ce qui n'est pas.*"†‡

* Na mitologia romana, Laverna é a deusa dos ladrões, dos trapaceiros, do mundo inferior, representada apenas por uma cabeça.

† Rousseau – *Nouvelle Heloise.* (Nota do autor. Deste ponto em diante, todas as notas do autor serão indicadas por "N. do A.")

‡ Significa "negar o que é, e explicar o que não é". A citação foi extraída da obra citada pelo autor, em que Rousseau, numa nota de rodapé, comenta uma explicação de Platão sobre aparições de fantasmas. O comentário é "*C'est une manie commune aux philosophes de tous les âges de nier ce qui est et d'expliquer ce qui n'est pas*" ou "É um hábito comum nos filósofos de todas as épocas negar o que é e explicar o que não é."

Existem séries ideais de acontecimentos que correm paralelamente às reais. Elas raramente coincidem. Homens e circunstâncias geralmente modificam a cadeia ideal de acontecimentos de modo que ela pareça imperfeita, e suas consequências são igualmente imperfeitas. Assim se deu com a Reforma; em vez do protestantismo, veio o luteranismo.

***Moral Ansichten*, de Novalis (*nom de plume* de Von Hardenburg)**

O MISTÉRIO DE MARIE ROGÊT

Na ocasião da publicação original de *Marie Rogêt*, as notas de rodapé aqui apresentadas foram consideradas desnecessárias; mas o lapso de vários anos desde a tragédia na qual o relato é baseado torna expediente fornecê-las, e também algumas palavras de explicação do plano geral. Uma jovem, Mary Cecilia Rogers, foi morta nas cercanias de Nova York; e, apesar de sua morte ter causado uma agitação intensa e duradoura, permaneceu sem solução no período em que o presente artigo foi escrito e publicado (novembro de 1842). Aqui, sob o pretexto de relatar o destino de uma grisette parisiense, o autor seguiu em detalhes minuciosos, o essencial, enquanto meramente comparando os fatos não essenciais do assassinato real de Mary Rogers. Assim, todo argumento baseado na ficção é aplicável à verdade: e a investigação da verdade foi o objetivo. *O mistério de Marie Rogêt* foi composto em uma distância afastada da cena da atrocidade, e com nenhum outro meio de investigação além dos jornais disponíveis. Assim, muita coisa escapou ao autor que ele poderia ter conseguido por si mesmo se estivesse no local e visitasse as cercanias. Pode não ser inapropriado registrar, entretanto, que as confissões de duas pessoas (uma delas a Madame Deluc da narrativa), feitas em diferentes períodos, muito subsequentes à publicação, confirmaram, totalmente, não apenas a conclusão geral, mas absolutamente todos os principais detalhes hipotéticos pelos quais essa conclusão foi obtida. (N. do A.)

Há poucas pessoas, mesmo entre os pensadores mais serenos, que não tenham sido eventualmente surpreendidas por uma vaga, embora eletrizante, crença parcial no sobrenatural, graças a coincidências de um caráter aparentemente tão fascinante que, como meras coincidências, o intelecto não foi capaz de retê-las. Tais sentimentos — pois as crenças parciais de que falo jamais têm a força total do pensamento — tais sentimentos raramente são sufocados por completo a não ser pela referência à doutrina do acaso, ou, como é tecnicamente nomeado, ao Cálculo das Probabilidades. Agora, esse Cálculo é, em sua essência, puramente matemático; e desta forma nós temos a anomalia da mais rigidamente exata ciência aplicada à sombra e à espiritualidade daquilo que há de mais intangível na especulação.

Será constatado que os detalhes extraordinários que agora sou exortado a tornar públicos formam, quanto à sequência do tempo, o principal ramo de uma série de coincidências pouco inteligíveis, cujo ramo secundário ou concludente será reconhecido por todos os leitores como o recente assassinato de Mary Cecilia Rogers, em Nova York.

Quando, em um artigo intitulado "Os assassinatos na Rua Morgue", empenhei-me, por volta de um ano atrás, em retratar alguns aspectos muito notáveis do caráter mental de meu amigo, o Chevalier C. Auguste Dupin, não me ocorreu que algum dia eu voltaria ao assunto. Tal registro de caráter constituiu meu intuito; e esse intuito foi totalmente realizado na alucinante série de circunstâncias apresentadas para registrar a idiossincrasia de Dupin. Eu poderia ter mencionado outros exemplos, mas não teria provado nada mais. Os eventos recentes, no entanto, em seu surpreendente desenvolvimento, levaram-me a alguns outros detalhes, que carregarão consigo o ar da confissão extraída à força. Tendo ouvido o que ouvi ultimamente, seria de fato estranho se eu permanecesse em silêncio diante do que ouvi e vi tanto tempo atrás.

Com o encerramento da tragédia envolvendo as mortes de Madame L'Espanye e de sua filha, o Chevalier imediatamente afastou o episódio de sua atenção, e recaiu em seus antigos hábitos de devaneios temperamentais. Propenso em todos os momentos para a abstração, eu rapidamente ajustei-me ao seu humor; e, ainda ocupando nossas acomodações no Faubourg Saint Germain, entregamos o Futuro ao sabor dos ventos, e adormecemos tranquilamente no Presente, tecendo sonhos com o tolo mundo à nossa volta.

Mas esses sonhos não foram sempre ininterruptos. Pode-se supor prontamente que o papel interpretado por meu amigo, no drama da Rua Morgue, não deixou de impressionar a imaginação da polícia parisiense. Entre seus agentes, o nome Dupin tornou-se uma palavra familiar. Diante do simples caráter daquelas deduções pelas quais ele desembaraçou o mistério nunca explicado sequer ao Chefe de polícia, ou para qualquer outro indivíduo que não eu mesmo, é claro que não surpreende que o caso tenha sido interpretado como pouco menos do que miraculoso, ou que as habilidades analíticas do Chevalier tenham granjeado para ele o crédito da intuição. Sua franqueza o teria levado a dissuadir quem quer que o indagasse sobre tal opinião preconcebida; mas seu ânimo indolente impedia novas agitações a respeito de um assunto cujo interesse, para ele, deixara de existir havia muito. Assim, aconteceu que ele se encontrou no centro das atenções policiais; e não foram poucos os casos em que tentou-se empregar seus serviços na chefatura. Um dos mais notáveis foi o assassinato de uma jovem chamada Marie Rogêt.

Esse evento ocorreu cerca de dois anos depois da atrocidade na Rua Morgue. Marie, cujo nome de batismo e de família vão imediatamente chamar atenção pela semelhança com aqueles da infeliz "garota dos charutos"[*], era a filha única da viúva Estelle Rogêt. O pai morreu durante a infância da moça, e, desde o momento de sua morte até cerca de dezoito meses antes do assassinato que constitui o tema de nossa narrativa, mãe e filha moraram juntas na Rue Pavée Saint Andrée[†]; aí a Madame mantinha uma pensão, auxiliada por Marie. As coisas continuaram assim até que essa última completara 22 anos, quando sua grande beleza atraiu a atenção de um perfumista que ocupava uma das lojas no térreo do Palais Royal, e cuja clientela compunha-se principalmente dos desesperados aventureiros que infestavam a vizinhança. Monsieur Le Blanc[‡] não estava desatento às potenciais vantagens que poderia ter com a bela Marie trabalhando em sua perfumaria; e suas propostas abundantes foram avidamente aceitas pela garota, ainda que com certa hesitação por parte da Madame.

As previsões do lojista se cumpriram, e seu estabelecimento logo se tornou notório graças aos encantos da jovial *grisette*[§]. Ela trabalhava para ele havia um ano quando seus admiradores foram surpreendidos por

* Mary Rogers, a garota a que Poe faz menção no início do relato, trabalhava em uma tabacaria.

† Nassau Street. (N. do A.)

‡ Anderson. (N. do A.)

§ Termo usado para designar mulheres de classe trabalhadora na *belle-époque*.

seu repentino desaparecimento da loja. Monsieur Le Blanc não foi capaz de explicar sua ausência, e Madame Rogêt estava tomada por ansiedade e terror. Os jornais imediatamente abordaram o assunto, e a polícia estava a ponto de realizar investigações sérias quando, em uma bela manhã, depois de transcorrida uma semana, Marie, em boa saúde, mas com um ar algo entristecido, reapareceu em seu costumeiro balcão na perfumaria. Todos os inquéritos, exceto um de caráter privado, foram, claro, imediatamente silenciados. Monsieur Le Blanc alegou total ignorância, como antes. Marie, acompanhada por Madame, respondeu a todas as perguntas, afirmando que a última semana fora passada na casa de um parente no campo. Assim o caso foi morrendo, e foi esquecido por todos; pois a garota, no intuito declarado de aliviar-se da impertinência da curiosidade, logo deu adeus ao perfumista, e procurou o abrigo da residência de sua mãe na Rue Pavée Saint Andrée.

Foi cerca de cinco meses depois desse retorno que seus amigos alarmaram-se com seu súbito desaparecimento pela segunda vez. Três dias se passaram, e nenhuma notícia chegou. No quarto, seu cadáver foi encontrado flutuando no Sena*, próximo à margem que se opõe ao Quartier da Rue Saint Andrée, e em um ponto não muito distante da reclusa vizinhança da Barrière du Roule†.

* Hudson. (N. do A.)
† Weehawken. (N. do A.)

A atrocidade desse assassinato (pois ficou imediatamente evidente que um assassinato havia sido cometido), a juventude e a beleza da vítima e, acima de tudo, sua notoriedade prévia conspiraram para produzir intensa agitação nas mentes dos sensíveis parisienses. Não consigo me lembrar de alguma ocorrência semelhante que tenha causado um efeito tão generalizado e intenso. Por muitas semanas, em detrimento do debate desse tema tão envolvente, até graves assuntos políticos foram esquecidos. O chefe de polícia realizou esforços incomuns; e os poderes de toda a corporação parisiense foram, é claro, exigidos ao máximo.

Na ocasião da descoberta do cadáver, não se supôs que o assassino pudesse ser capaz de escapar, por mais do que um breve período, da investigação que imediatamente foi posta em ação. Somente ao final de uma semana julgou-se necessário oferecer uma recompensa; e mesmo então esse prêmio foi limitado a mil francos. Enquanto isso, a investigação prosseguiu com vigor, ainda que nem sempre com sensatez, e inúmeros indivíduos foram questionados sem propósito; ao mesmo tempo, devido à contínua ausência de qualquer pista para o mistério, a agitação popular aumentou consideravelmente. Ao final do décimo dia considerou-se recomendável dobrar a soma originalmente proposta; e, enfim, tendo transcorrido a segunda semana sem que qualquer descoberta fosse feita, e tendo a intolerância que sempre existiu em Paris contra a polícia levado a vários e graves motins, o chefe da corporação encarregou-se pessoalmente de oferecer a soma de vinte mil francos "pela denúncia do assassino", ou, se mais de um se provasse envolvido, "pela denúncia de qualquer um dos assassinos". Na proclamação dessa recompensa, um pleno perdão foi prometido para qualquer cúmplice que se apresentasse para fornecer evidências contra seu parceiro; e a tudo isso foi adicionado, onde quer que o anúncio aparecesse, o cartaz privado de um comitê de cidadãos oferecendo dez mil francos, além da quantia proposta pela chefatura de polícia. A recompensa total assim chegava a não menos do que trinta mil francos, que sem dúvida é uma soma extraordinária quando consideramos as humildes condições da garota e a alta frequência, nas grandes cidades, de atrocidades como a que foi descrita.

Ninguém duvidava agora de que o mistério desse assassinato seria imediatamente esclarecido. Mas apesar de, em uma ou outra circunstância, terem sido feitas detenções que prometiam uma elucidação, não fora encontrado nada que pudesse implicar as partes suspeitas; e elas foram liberadas rapidamente. Por estranho que pareça, a terceira semana após a descoberta do corpo tinha passado, e passou sem que qualquer luz fosse lançada sobre o assunto, antes mesmo que o rumor dos eventos que tanto agitaram a opinião pública chegasse aos ouvidos de Dupin e aos meus. Envolvidos em investigações que absorviam toda a nossa atenção, passara-se quase um mês sem que nenhum de nós saísse de casa ou recebesse visitas, tendo no máximo lançado um olhar para os principais artigos políticos nos jornais. A primeira notícia do assassinato foi trazida a nós por G. em pessoa. Ele nos procurou no começo da tarde do dia 13 de julho de 18 — e permaneceu conosco até tarde da noite. Estava atormentado pelo fracasso de seus esforços em desmascarar os assassinos. Sua reputação — assim ele disse com um ar peculiarmente parisiense — estava em risco. Mesmo sua honra corria perigo. Os olhos do público estavam sobre ele; e realmente não havia sacrifício que ele não estivesse disposto a fazer pelo desenvolvimento na revelação do mistério. Concluiu seu discurso um tanto engraçado com um elogio ao que tinha a satisfação de nomear o tato de Dupin, e fez a ele uma proposta direta, e certamente pródiga, cuja natureza precisa não me sinto à vontade para revelar, mas que não tem importância para o próprio tema de minha narrativa.

O elogio, meu amigo o refutou da melhor forma que pode, mas a oferta ele aceitou de primeira, embora suas vantagens fossem, no todo, condicionais. Acertando-se essa questão, o chefe de polícia passou imediatamente a explicar seus pontos de vista, intercalando-os com longos comentários sobre as evidências, das quais ainda não tínhamos posse. Ele falou muito e, sem dúvida, com propriedade; enquanto isso, eu arriscava sugestões ocasionais à medida que a noite se estendia sonolenta. Dupin, sentado rigidamente em sua poltrona de costume, era a personificação da atenção respeitosa. Manteve os óculos durante toda a entrevista; e um relance casual por baixo das lentes verdes bastava para me convencer de que ele dormiu não menos pesadamente, porque em silêncio, durante as sete ou oito horas arrastadas que precederam a partida do chefe de polícia.

Pela manhã, procurei, na chefatura de polícia, por um relatório completo de todas as evidências coletadas e, nas redações dos vários periódicos, uma cópia de cada exemplar em que, do começo ao final, tenha sido publicada qualquer informação decisiva relativa a esse triste caso. Livre de tudo o que fora positivamente refutado, essa massa de informação apresentava o seguinte:

Marie Rogêt deixou a residência de sua mãe, na Rue Pavée St. Andrée, por volta das nove da manhã de domingo, 22 de junho de 18—. Ao sair, ela anunciou a um certo Monsieur Jacques St. Eustache*, e somente a ele, sua intenção de passar o dia com uma tia que morava na Rue des Drâmes. A Rue des Drâmes é uma via pequena e estreita, embora movimentada, não muito longe das margens do rio, e a uma distância de cerca de três quilômetros, pelo trajeto mais direto possível, da pensão de Madame Rogêt. St. Eustache era o pretendente de Marie, e hospedava-se, assim como fazia as refeições, na pensão. Ele iria buscar sua prometida ao cair do sol, de modo a acompanhá-la até em casa. À tarde, no entanto, começou

* Payne. (N. do A.)

a chover pesadamente; e, supondo que ela permaneceria toda a noite na casa da tia (como havia feito antes, em circunstâncias similares), ele não considerou necessário cumprir sua promessa. Conforme a noite avançou, Madame Rogêt (que era uma senhora doente de setenta anos de idade) foi ouvida expressando o receio de que "ela nunca mais veria Marie novamente"; mas essa observação atraiu pouca atenção naquele momento.

Na segunda-feira, constatou-se que a moça não estivera na Rue de Drâmes; e após o dia transcorrer sem notícias, uma busca tardia foi instituída em vários pontos da cidade e em seus arredores. No entanto, foi só no quarto dia após o momento do desaparecimento que algo satisfatório foi apurado com relação a ela. Neste dia (quarta-feira, 25 de junho), um tal Monsieur Beauvais*, que, com um amigo, estivera fazendo buscas por Marie perto da Barrière du Roule, na margem do Sena que se opõe à Rue Pavée St. Andrée, foi informado de que um cadáver acabara de ser carregado para a terra firme por alguns pescadores, que o encontraram flutuando no rio. Ao ver o corpo, Beauvais, depois de certa hesitação, identificou-o com sendo o da moça da perfumaria. Seu amigo o reconheceu mais prontamente.

O rosto estava impregnado com sangue escuro, do qual um pouco saía pela boca. Não se via espuma, como acontece nos casos de mero afogamento. Não havia

* Crommelin. (N. do A.)

descoloração do tecido celular. Perto do pescoço havia hematomas e marcas de dedos. Os braços estavam dobrados sobre o peito e rígidos. A mão direita estava cerrada; a esquerda, parcialmente aberta. No pulso esquerdo havia duas escoriações circulares, aparentemente causadas por cordas, ou por uma corda dando mais de uma volta. Uma parte do punho direito também estava muito irritada, assim como as costas em toda a sua extensão, mas, mais especificamente, nas omoplatas. Para trazer o corpo à margem, os pescadores o amarraram com uma corda; mas nenhuma das feridas fora causada por isso. A carne do pescoço estava muito inchada. Não havia cortes aparentes, ou hematomas que indicassem efeitos de golpes. Foi encontrado um pedaço de fita amarrado tão fortemente ao pescoço que parecia esconder-se da vista; estava completamente enterrado na carne, e apertado por um nó logo abaixo da orelha esquerda. Apenas isso já bastaria para causar a morte. O laudo médico afirmou com segurança o virtuoso caráter da falecida. Era fora vítima, afirmava o documento, de uma violência brutal. O cadáver estava em tais condições quando foi encontrado, que não haveria dificuldade em seu reconhecimento por amigos.

O vestido estava muito rasgado e, no mais, bagunçado. Na parte de fora da roupa, uma faixa, com cerca de trinta centímetros de largura, fora rasgada da bainha inferior até a cintura, mas não arrancada. Envolvia por três vezes a cintura e estava presa por uma espécie de nó nas costas. O tecido imediatamente abaixo da túnica era fina musselina; e dele uma faixa de cerca de quarenta centímetros de largura fora totalmente rasgada — rasgada muito uniformemente e com grande cuidado. Foi encontrada ao redor de seu pescoço, envolvendo-o frouxamente, e presa por um nó cego. Sobre essa faixa de musselina e a faixa de renda, estavam amarradas as tiras de um gorro; o chapéu ainda pendia. O nó com o qual as tiras foram apertadas não era o de uma moça, mas sim o nó escorregadio de um marinheiro.

Após o reconhecimento do corpo, ele não foi levado, como de costume, para o necrotério (essa formalidade sendo supérflua), mas foi rapidamente enterrado não muito longe do local em que fora retirado do rio. Graças aos esforços de Beauvais, o assunto foi cuidadosamente abafado, tanto quanto possível; e vários dias se passaram antes que alguma comoção pública daí resultasse. Um jornal semanal*, no entanto, acabou abordando o assunto; o cadáver foi exumado, e um novo exame foi instituído; mas nada foi concluído além do que já havia sido observado. As roupas, entretanto, foram submetidas à mãe e aos amigos da falecida, e foram seguramente identificadas como aquelas usadas pela moça ao sair de casa.

Enquanto isso, a excitação crescia a cada hora. Muitos indivíduos foram detidos e liberados. St Eustache tornou-se especialmente suspeito; e ele não foi capaz,

* *New York Mercury*. (N. do A.)

em um primeiro momento, de fornecer um relato sensato de seu paradeiro no domingo em que Marie saiu de casa. Subsequentemente, no entanto, ele forneceu ao Monsieur G. um depoimento prestando contas satisfatórias sobre cada hora passada no dia em questão. Conforme o tempo passou e nenhuma descoberta foi feita, mil rumores contraditórios circularam, e os jornalistas ocuparam-se com sugestões. Entre elas, a que atraiu mais atenção foi a ideia de que Marie Rogêt permanecia viva — e que o corpo encontrado no Sena era de outra desafortunada. Será recomendável que eu submeta ao leitor algumas passagens que dão corpo à tal sugestão. Essas passagens são traduções literais do *L'Étoile**, um jornal conduzido com grande habilidade, no geral.

> Mademoiselle Rogêt deixou a casa de sua mãe na manhã de domingo, dia 22 de junho de 18—, com o declarado propósito de visitar a tia, ou algum outro parente, na Rue des Drâmes. A partir desse momento, foi comprovado que ninguém mais a viu. Não há absolutamente qualquer traço ou notícia dela [...] Ninguém, de qualquer forma, apresentou-se até então para dizer que a tenha visto, naquele dia, depois que deixou a porta da mãe [...] Ora, ainda que não tenhamos evidência de que Marie Rogêt estivesse no

* *New York Brother Jonathan*, editado por H. Hastings Weld, *Esq.* (N. do A.)

plano dos vivos depois das nove horas do domingo, 22 de junho, temos provas de que, até aquela hora, continuava com vida. Ao meio-dia da quarta-feira, um corpo de uma mulher foi descoberto flutuando próximo à margem da Barrière du Roule. Isso ocorreu, ainda que se presuma que Marie Rogêt tenha sido jogada nas águas do rio até três horas depois de deixar a casa da mãe, apenas três dias a partir do momento em que ela saiu de casa — três dias, uma hora a mais, outra a menos. Mas é tolice supor que o assassinato, se um assassinato foi cometido, poderia ter sido consumado cedo o bastante para que os assassinos conseguissem lançar seu corpo no rio antes da meia-noite. Aqueles que são culpados por crimes tão hediondos preferem a escuridão à luz [...] Assim constatamos que, se o corpo encontrado no rio era o de Marie Rogêt, só poderia ter ficado na água por dois dias e meio, ou três, no geral. A vivência mostrou que corpos afogados, ou corpos lançados na água imediatamente após a morte violenta, levam de seis a dez dias para que a decomposição se consuma e os leve até a superfície. "Mesmo em locais nos quais um canhão é disparado contra um cadáver, e ele emergir antes de pelo menos cinco ou seis dias de imersão, afundará novamente, se deixado à própria sorte. Então, questionamo-nos, o que houve nessa ocorrência para causar um desvio do curso ordinário da natureza? [...] Se o corpo tivesse sido mantido na margem em seu estado desfigurado até a noite da terça-feira, algum traço dos assassinos teria sido encontrado por ali. É um ponto duvidoso, também, se o corpo flutuaria tão rapidamente, mesmo tendo sido jogado na água dois dias depois de morto. E, além disso, é altamente improvável que quaisquer malfeitores que houvessem cometido tal assassinato, como aqui está sendo suposto, teriam jogado o corpo na água sem um peso para afundá-lo, quando tal precaução poderia facilmente ter sido tomada.

Aqui, o editor procede a argumentar que o corpo devia estar na água "não por apenas três dias, mas, pelo menos, por cinco vezes três dias", porque estava tão decomposto que Beauvais teve grandes dificuldades para reconhecê-lo. Esse último ponto, no entanto, foi totalmente refutado. Continuo a tradução:

> Quais são, então, os fatos em que M. Beauvais se apoia para afirmar que não tem dúvidas de que o corpo era o de Marie Rogêt? Ele rasgou a manga do vestido e afirma ter encontrado marcas que o satisfizeram a respeito da identidade. O público em geral supôs que essas marcas consistiam algum tipo de cicatrizes. Ele esfregou o braço e encontrou cabelos nele — algo tão indefinido, pensamos, quanto o que se pode rapidamente ser imaginado — tão pouco conclusivo quanto encontrar um braço na manga.

M. Beauvais não retornou naquela noite, mas enviou uma mensagem a Madame Rogêt, às sete horas da noite de quarta, informando-a de que uma investigação sobre sua filha ainda estava em curso. Se nós concedermos que Madame Rogêt, com sua idade e vivendo o luto, não podia ter ido até lá (o que é conceder muito), certamente teria havido alguém que consideraria importante comparecer e acompanhar a investigação, caso achasse que o corpo era o de Marie. Ninguém foi. Nada foi dito ou ouvido sobre o assunto na Rue Pavée St. Andrée, nada mesmo que sequer chegasse aos ocupantes do mesmo edifício. M. St. Eustache, o noivo e pretendido esposo de Marie, que era inquilino na pensão de sua mãe, afirma que só ouviu sobre a descoberta do corpo de sua noiva na manhã seguinte, quando M. Beauvais veio até seu quarto e lhe comunicou a respeito. Por se tratar de notícia como essa, parece-nos que foi recebida muito friamente.

Dessa forma, o jornal empenhou-se em criar a impressão de apatia por parte dos parentes de Marie, inconsistente com a suposição de que essas pessoas acreditavam que o cadáver fosse o dela. As insinuações chegavam ao seguinte: Marie, com a conivência de seus amigos, ausentara-se da cidade por razões envolvendo uma acusação contra a sua castidade; e esses amigos, com a descoberta de um cadáver no Sena que de alguma forma parecia com a garota, aproveitaram a oportunidade para impressionar o público com a crença em sua morte. Mas o *L'Étoile* apressou-se demais outra vez. Foi distintamente provado que nenhuma apatia, como a que fora imaginada, existiu; que a velha senhora estava excessivamente febril, e tão agitada que fora incapaz de cumprir qualquer dever; que St. Eustache, em vez de receber a notícia friamente, estava enlouquecido pelo pesar, e portava-se de modo tão frenético que M. Beauvais convenceu um amigo e parente a se encarregar dele, e a impedir seu comparecimento ao exame após a exumação. Além disso, embora tenha sido afirmado pelo *L'Étoile* que o corpo voltou a ser sepultado às expensas públicas — que a vantajosa oferta de uma sepultura particular foi totalmente recusada pela família — e que nenhum parente compareceu à cerimônia: — embora, conforme digo, tudo isso tenha sido afirmado pelo *L'Étoile* em auxílio da impressão que o jornal pretendia causar — ainda assim, tudo isso foi satisfatoriamente refutado. Em um número subsequente do periódico, houve uma tentativa de lançar suspeitas sobre o próprio Beauvais. Diz o editor:

> Agora, então, uma mudança acontece. Fomos informados que em uma ocasião, enquanto uma certa Madame B. estava na casa de Madame Rogêt, M. Beauvais, que estava de saída, disse a ela que um policial era aguardado lá, e que ela, Madame B., não devia dizer

nada ao soldado até seu retorno, mas que deixasse o assunto com ele [...] No presente estado de coisas, M. Beauvais parece ter toda a questão confinada em sua cabeça. Um simples passo não pode ser dado sem M. Beauvais; pois, vá onde você quiser ir, haverá de correr contra ele [...] Por alguma razão, ele determinou que ninguém além dele mesmo deveria se envolver com os procedimentos, e afastou do caminho os homens da família, conforme o que afirmaram, de forma muito singular. Ele parece excessivamente avesso a permitir que os parentes vejam o corpo.

Pelo fato que segue, alguma cor foi dada à suspeita assim lançada sobre Beauvais. Um visitante em seu escritório, alguns dias antes do desaparecimento da moça, e durante a ausência de seu ocupante, observou uma rosa no buraco da fechadura, e o nome "Marie" escrito em uma lousa pendurada ali perto.

A impressão geral, até o ponto que nos permitiu observá-la a partir dos jornais, parecia ser a de que Marie fora vítima de uma gangue de delinquentes — que por eles ela fora carregada ao longo do rio, maltratada e assassinada. O *Le Commerciel**, entretanto, um jornal de extensa influência, foi diligente no combate a essa ideia da população. Cito uma passagem ou duas de suas colunas:

* *Journal of Commerce* de Nova York. (N. do A.)

Estamos convencidos de que a investigação até agora vem se ocupando de um rastro falso, à medida que tem sido direcionada à Barrière du Roule. É impossível que uma pessoa tão bem conhecida de milhares como era essa moça tenha passado por três quarteirões sem que ninguém a tenha visto; e qualquer um que a visse teria se lembrado, uma vez que ela interessava a todos os que a conheciam. As ruas estavam cheias de pessoas quando ela saiu [...] É impossível que ela consiga ter ido até a Barrière du Roule, ou até a Rue des Drâmes, sem ser reconhecida por uma dúzia de pessoas; ainda assim, ninguém que a tenha visto fora da porta da mãe se apresentou, e não há evidências, exceto o testemunho relativo às intenções expressas da moça, de que ela saiu de fato. Seu vestido estava rasgado, amassado em torno de seu corpo e amarrado; e, considerando isso, ela foi carregada como uma trouxa. Se o assassinato tivesse sido cometido na Barrière du Roule, não haveria necessidade para tal arranjo. O fato de que o corpo foi encontrado flutuando perto da Barrière não é prova do local de onde ele foi arremessado na água [...] Um pedaço de uma das anáguas da infeliz garota, de cerca de sessenta centímetros de comprimento e trinta de largura, foi rasgado e amarrado sob seu queixo ao redor da nuca, provavelmente para evitar gritos. Isso foi feito por sujeitos que não tinham lenços de bolso.

Um dia ou dois antes de o chefe de polícia nos chamar, entretanto, chegaram à polícia algumas informações importantes que derrubaram, enfim, a parte principal do argumento do *Le Commerciel*. Dois meninos, filhos de uma certa Madame Deluc, enquanto perambulavam pelos bosques próximos à Barrière du Roule, invadiram por acaso um matagal denso, dentro do qual havia três ou quatro pedras grandes, formando uma espécie de assento, com um encosto e um apoio para os pés. Na pedra de cima havia uma anágua branca; na segunda, uma echarpe de seda. Uma sombrinha, luvas e um lenço de bolso também foram lá encontrados. No lenço de bolso havia o nome "Marie Rogêt". Fragmentos de vestido foram descobertos nos arbustos ao redor. A terra estava pisoteada, os galhos estavam quebrados e havia sinais de luta. Entre o matagal e o rio, averiguou-se que as cercas haviam sido retiradas, e o piso trazia evidências de que algum fardo pesado fora arrastado.

Um jornal semanal, *Le Soleil**, teceu os seguintes comentários diante dessa descoberta — comentários que simplesmente ecoavam o sentimento de toda a imprensa parisiense:

> Os objetos estavam todos evidentemente no local por, ao menos, três ou quatro semanas; estavam to-

* *Saturday Evening Post*, de Filadélfia, editado por C. J. Peterson, *Esq*. (N. do A.)

dos muito embolorados devido à ação da chuva, e colados com o bolor. A relva havia crescido em volta e sobre alguns deles. A seda da sombrinha era resistente, mas suas tramas haviam se grudado por dentro. A parte de cima, que fora fechada e dobrada, estava embolorada e podre, e rasgou ao ser aberta [...] Os pedaços de seu vestido rasgados pelos arbustos tinham cerca de oito centímetros de largura por oito de comprimento. Uma parte era a bainha do vestido, e fora remendada; o outro pedaço era parte da saia, não a bainha. Pareciam tiras arrancadas e estavam no arbusto de espinhos, a cerca de trinta centímetros do chão [...] Não pode haver dúvida, assim, de que o local desse ultraje apavorante fora descoberto.

Como consequência dessa revelação, novas evidências apareceram. Madame Deluc afirmou que ela mantém uma hospedaria não muito distante da margem do rio, oposta à Barrière du Roule. A vizinhança é isolada — particularmente isolada. É o refúgio usual de domingo para os canalhas da cidade, que atravessam o rio em barcos. Por volta de três da tarde do domingo em questão, uma jovem chegou à hospedaria, acompanhada por um rapaz de compleição escura. Os dois permaneceram lá por algum tempo. Ao partirem, tomaram o caminho para um bosque espesso dos arredores. A atenção de Madame Deluc foi atraída pelo vestido usado pela moça, graças à semelhança com aquele usado por uma parente sua, já falecida. Uma echarpe foi particularmente notada. Logo depois da saída do casal, uma gangue de vilões chegou, comportaram-se ruidosamente, comeram e beberam sem pagar, seguiram a trilha do rapaz e da garota, retornaram à hospedaria por volta do entardecer e tornaram a cruzar o rio, demonstrando grande pressa.

Foi pouco depois de escurecer, nessa mesma tarde, que Madame D., assim como seu filho mais velho, escutou os gritos de uma mulher na vizinhança da hospedaria. Os gritos foram violentos, mas breves. Madame D. reconheceu não somente a echarpe que foi encontrada no matagal, mas também o vestido que foi descoberto no cadáver. Um cocheiro de ônibus, Valence*, agora também testemunhava que ele viu Marie Rogêt atravessar o Sena em uma balsa, no domingo em questão, acompanhada por um rapaz de compleição escura. Ele, Valence, conhecia Marie, e não poderia ter se enganado a respeito da identidade dela. Os objetos encontrados no matagal foram definitivamente identificados pelos parentes de Marie.

As evidências e as informações assim colhidas por mim nos jornais, por sugestão de Dupin, abrangeram somente mais um ponto — mas esse era um ponto de aparentemente vastas consequências. Parece que, imediatamente depois da descoberta das roupas como foi descrito acima, o corpo sem vida, ou quase sem vida, de

* Adam. (N. do A.)

St. Eustache, o prometido de Marie, foi encontrado na vizinhança da agora suposta cena da barbárie. Um pequeno frasco de vidro rotulado "láudano", e vazio, foi encontrado próximo a ele. Seu hálito evidenciava o veneno. Com ele foi encontrado uma carta, brevemente declarando seu amor por Marie e o intento de se autodestruir.

"Mal preciso lhe dizer", falou Dupin, após concluir a leitura de minhas notas, "que este é um caso muito mais intricado do que aquele da Rue Morgue; do qual se difere em um aspecto importante. Este é o caso de um crime ordinário, ainda que atroz. Não há nele nada de particularmente excessivo. Você há de observar que, por essa razão, o mistério tem sido considerado fácil, quando, por essa mesma razão, deveria ter sido considerado de difícil solução. Dessa forma, no início, julgou-se desnecessário oferecer uma recompensa. Os lacaios de G. foram imediatamente capazes de compreender como e porque tal atrocidade poderia ter sido cometida. Eles conseguiam conceber em suas imaginações um modo — muitos modos — e um motivo — muitos motivos; e porque não era impossível que algum desses inúmeros modos e motivos pudesse ter sido o verdadeiro, eles concluíram que um deles devia ser. Mas o acaso com que foram consideradas essas especulações, e a própria plausibilidade que cada uma assumiu, deveria ter sido compreendido como mais indicativo das dificuldades do que das facilidades que conduzem à elucidação. Observei anteriormente que é graças a proeminências acima do plano do comum que a razão encontra seu caminho, se o encontra, em sua busca pela verdade, e de que a pergunta correta em casos como esse não é tanto "o que ocorreu?", mas "o que ocorreu que nunca havia ocorrido antes?" Na investigação ocorrida na casa de Madame L'Espanye*, os agentes de G. foram desencorajados e confundidos por aquela mesma estranheza que, para um intelecto decentemente regulado, teria conduzido ao mais seguro presságio de sucesso; ao passo que esse mesmo intelecto poderia ter mergulhado no desespero diante do caráter ordinário de tudo o que se observava no caso da moça da perfumaria, e ainda assim nada além de triunfo fácil comunicava aos funcionários da chefatura de polícia.

"No caso de Madame L'Espanaye e de sua filha não houve, mesmo no início de nossa investigação, nenhuma dúvida de que um assassinato fora cometido. A ideia de suicídio foi excluída de imediato. Aqui, também, estamos livres, desde o começo, de qualquer suposição sobre autodestruição. O corpo encontrado na Barrière du Roule estava em tais circunstâncias que não houve espaço algum para dificuldades a respeito desse importante ponto. Mas foi sugerido que o cadáver descoberto não é o de Marie Rogêt, pela denúncia de cujo assassino, ou assassinos, pela recompensa oferecida, e a respeito de quem, somente, nosso acordo com o chefe de polí-

* Ver *Os assassinatos na Rue Morgue*. (N. do A.)

cia foi arranjado. Ambos conhecemos bem esse senhor. É recomendável não confiar muito nele. Se, datando nossos inquéritos a partir da descoberta do corpo, e daí rastreando um assassino, nós ainda descobrirmos que o cadáver é de outra pessoa que não Marie; ou, se iniciando nossos inquéritos com Marie ainda viva, nós a encontrarmos, e contudo descobrirmos que não foi assassinada — em ambos os casos nosso trabalho terá se perdido; já que é com o Monsieur G— que temos que lidar. Para o nosso próprio objetivo, então, se não para o objetivo da justiça, é indispensável que nosso primeiro passo seja a determinação da identidade do cadáver como sendo a de Marie Rogêt, que está desaparecida.

"Para o público, os argumentos do *L'Étoile* têm sido de peso; e que o próprio jornal está convencido da importância deles torna-se evidente pela forma como inicia um de seus ensaios sobre o assunto — "Vários dos jornais matutinos de hoje", afirma, "falam do artigo *conclusivo* do Étoile de segunda." Para mim, esse artigo parece conclusivo sobre pouca coisa além do zelo de seu autor. Devemos ter em mente que, no geral, o objetivo de nossos jornais é antes causar uma sensação — defender um ponto — do que aprofundar a busca pela verdade. Esse último fim só é perseguido quando parece coincidente com o primeiro. A imprensa que meramente se adapta à opinião comum (não importando quão bem fundamentada essa opinião possa ser) não merece para si o crédito do povaréu. As massas veem como profundo somente aquele que sugere *contradições pungentes* da ideia geral. Na prática do raciocínio, não menos do que na literatura, é o epigrama que é mais imediata e universalmente aceito. Em ambas, é da mais baixa ordem de mérito.

"O que quero dizer é que é a mistura entre epigrama e melodrama da ideia de que Marie Rogêt ainda vive, mais do que qualquer verdadeira plausibilidade dessa ideia, que a sugeriu ao *L'Etoile* e que garantiu uma recepção favorável pelo público. Vamos examinar os pontos principais do argumento desse jornal; empenhando-nos em evitar a incoerência com que é, desde a origem, apresentado.

"O primeiro objetivo do jornalista é mostrar, a partir da brevidade do intervalo entre o desaparecimento de Marie e a descoberta do cadáver flutuante, que esse cadáver não pode ser o de Marie. A redução desse intervalo à menor dimensão possível torna-se, assim, de imediato, um objetivo para o autor do texto. Na precipitada busca por esse objetivo, ele incorre na mera suposição desde o começo. 'É uma insensatez supor', diz ele, 'que o assassinato, se assassinato fora cometido contra o corpo dela, pudesse ter se consumado rápido o bastante a ponto de permitir que seus assassinos jogassem o corpo no rio antes da meia-noite'. Perguntamos de pronto, e muito naturalmente: por quê? Por que é uma insensatez supor que o assassinato foi cometido *cinco minutos* depois de a garota ter deixado a casa de sua mãe?

Por que é uma insensatez supor que o assassinato foi cometido em um dado momento do dia? Assassinatos acontecem a qualquer hora. Mas, tendo o crime acontecido em algum momento entre as nove da manhã de domingo e as quinze para a meia-noite, ainda haveria tempo o bastante 'para que seus assassinos jogassem o corpo no rio antes da meia-noite'. Essa suposição, então, resume-se precisamente a isso — que o assassinato não foi cometido de forma alguma no domingo — e, se permitirmos que o *L'Etoile* assuma isso, podemos permitir qualquer liberdade ao jornal. O parágrafo que se inicia com 'É uma insensatez supor que o assassinato etc.', embora apareça assim impresso no *L'Etoile*, pode ser imaginado como existindo da seguinte forma na cabeça de seu autor — 'É uma insensatez supor que o assassinato, se assassinato fora cometido contra o corpo dela, pudesse ter se consumado rápido o bastante a ponto de permitir que seus assassinos jogassem o corpo no rio antes da meia-noite; é uma insensatez, repetimos, supor tudo isso, e supor, ao mesmo tempo (como estamos decididos a fazer), que o corpo só foi jogado depois da meia-noite' — uma frase suficientemente inconsequente por si só, mas não tão completamente absurda quando a que foi impressa.

"Se fosse meu objetivo", continuou Dupin, "meramente *implicar* contra a passagem do argumento do *L'Etoile*, eu poderia tranquilamente parar por aqui. Não é, entretanto, com o *L'Etoile* que temos que lidar, mas com a verdade. A frase em questão, da forma como está, não tem senão um significado; e esse significado já estabeleci razoavelmente: mas é imperativo irmos além das meras palavras, à procura de uma ideia que essas palavras obviamente pretendiam expressar e falharam. Foi intenção do jornalista afirmar que, não importando período do dia ou da noite de domingo que aconteceu esse assassinato, era improvável que os assassinos tivessem se aventurado a carregar o corpo até o rio antes da meia-noite. E aqui reside, realmente, a suposição da qual me queixo. Assume-se que o assassinato foi cometido em tal localidade, e sob tais circunstâncias, que a condução do corpo até o rio se tornou necessária. Ora, o crime pode ter ocorrido nas margens do rio, ou no rio propriamente dito; e, assim, jogar o cadáver na água pode ter sido, em qualquer período do dia ou da noite, a forma mais óbvia e imediata de se livrar dele. Você vai compreender que não estou sugerindo, aqui, nada como sendo provável, ou coincidente com minha própria opinião. Meu intuito, até então, não se refere aos fatos do caso. Desejo meramente precavê-lo contra todo o tom da sugestão do *L'Etoile* ao chamar sua atenção para o caráter *ex parte** do jornal.

"Tendo traçado assim um limite para receber suas próprias noções preconcebidas; tendo assumido que, se aquele era o corpo de Marie, não poderia estar na

* Relativa a partido; parcial.

água senão por um breve período; o jornal prossegue afirmando:

> A vivência mostrou que no caso de corpos afogados, ou corpos lançados na água imediatamente após a morte violenta, leva-se de seis a dez dias para que a decomposição se consuma, e os leve até a superfície. Mesmo em locais nos quais um canhão é disparado contra um cadáver, e ele emerge antes de pelo menos cinco ou seis dias debaixo d'água, o corpo afundará novamente, se deixado à própria sorte.

"Essas afirmações foram tacitamente recebidas por cada jornal de Paris, com a exceção do *Le Moniteur**. Esse último periódico empenha-se em combater somente aquela parte do parágrafo que faz referência a 'corpos afogados', citando algumas cinco ou seis circunstâncias em que corpos de indivíduos notadamente afogados foram encontrados boiando depois de transcorrido um período menor do que aquele enfatizado pelo *L'Etoile*. Mas há algo excessivamente antifilosófico na tentativa do *Le Moniteur* de refutar a afirmação geral do *L'Etoile* por meio da citação de casos particulares que militem contra tal afirmação. Tivesse sido possível apontar cinquenta em vez de cinco exemplos de corpos

* *New York Commercial Advertiser*, editado pelo Coronel Stone. (N. do A.)

flutuando ao final de dois ou três dias, esses cinquenta exemplos ainda poderiam ter sido considerados somente exceções à regra do *L'Etoile*, até que chegasse o tempo em que essa própria regra devesse ser refutada. Admitindo-se a regra (e isso o *Le Moniteur* não nega, insistindo meramente sobre suas exceções), o argumento do *L'Etoile* pode manter-se com plena força; pois esse argumento não pretende envolver nada além de uma questão da probabilidade de o corpo ter subido à superfície em menos de três dias; e essa probabilidade vai favorecer a posição do *L'Etoile* até que as circunstâncias apontadas de forma tão infantil sejam um número suficiente para estabelecer uma regra antagônica.

"Você vai ver de imediato que todo argumento relativo a esse ponto deve ser dirigido, se assim o for, contra a própria regra; e para esse fim nós devemos examinar a racionalidade da regra. Ora, o corpo humano, no geral, não é mais leve nem mais pesado do que a água do Sena; ou seja, a gravidade específica do corpo humano, em sua condição natural, é mais ou menos igual ao volume de água fluvial que desloca. Os corpos de pessoas gordas e adiposas, com ossos pequenos, e de mulheres no geral, são mais leves do que aqueles de pessoas magras e com ossos grandes, e do que os dos homens; e a gravidade específica da água de um rio de certa forma é influenciada pela presença da maré vinda do mar. Mas, deixando essa maré fora da questão, pode ser afirmado que pouquíssimos corpos humanos vão afundar, mesmo na água doce, por conta própria. Praticamente qualquer pessoa, ao cair no rio, será capaz de boiar, se suportar que a gravidade da água seja suficientemente aduzida em comparação à sua própria — ou seja, se suportar que todo o seu corpo fique submerso, com a mínima exceção possível. A posição mais adequada para alguém que não sabe nadar é a posição ereta de quem caminha na terra, com a cabeça totalmente jogada para trás, e imersa; a boca e as narinas somente mantendo-se acima da superfície. Nessas circunstâncias, constataremos que flutuamos sem dificuldade e sem esforços. É evidente, no entanto, que as gravidades do corpo e do volume de água deslocada são muito bem balanceadas, e que a menor coisa pode fazer com que alguma prevaleça. Um braço, por exemplo, erguido acima da água, e assim privado de seu apoio, é um peso adicional suficiente para imergir toda a cabeça, enquanto o auxílio acidental do menor pedaço de madeira vai nos permitir que elevemos nossa cabeça de modo a olhar em volta. Ora, durante os esforços de alguém desacostumado a nadar, os braços são invariavelmente projetados para cima, enquanto é realizada uma tentativa de manter a cabeça em sua posição perpendicular de costume. O resultado é a imersão da boca e das narinas, e a inserção, durante os esforços de se respirar enquanto se está sob a superfície, de água nos pulmões. Grande parte também é recebida pelo estômago, e o corpo inteiro torna-se mais pesado pela diferença entre o peso do ar originalmente distendendo essas cavidades e o do fluído que agora as preenche. Essa diferença é suficiente para fazer com que o corpo afunde, como regra geral; mas é insuficiente nos casos de indivíduos com pequenos ossos e uma quantidade anormal de matéria flácida ou gorda. Esses indivíduos flutuam mesmo depois de afogados.

"O cadáver, estando supostamente no fundo do rio, vai ficar lá até que, de alguma forma, sua gravidade específica se torne novamente menor do que a do volume de água que desloca. Esse efeito é causado pela decomposição, ou por outra forma. O resultado da decomposição é a liberação de gás, distendendo o tecido celular e todas as cavidades, e causando o aspecto inchado que é tão horrível. Quando essa distensão progrediu a ponto de o volume do cadáver ser materialmente aumentado sem que haja um acréscimo correspondente de massa ou peso, sua gravidade específica se torna menor do que aquela da água deslocada, e assim o corpo reaparece na superfície. Mas a decomposição é modificada por inúmeras circunstâncias — é acelerada ou retardada por inúmeros agentes; por exemplo, pelo calor ou frio da estação, pela impregnação mineral ou pureza da água, por sua grande ou pouca profundidade, por ser corrente ou estagnada, pela temperatura do corpo, por suas infecções ou pela ausência de doença antes da morte. Dessa forma, é evidente que não podemos apontar um período, com nada que diga respeito à exatidão, em que o cadáver deverá erguer-se pela decomposição. Sob certas condições esse resultado poderia ocorrer em uma hora; em outras, poderia simplesmente não acontecer. Há infusões químicas por meio das quais a compleição animal pode ficar preservada para sempre da corrupção; o dicloreto de mercúrio é uma delas. Mas, além da decomposição, pode haver, e muito usualmente há, uma geração de gases dentro do estômago, resultado da fermentação acetosa de matéria vegetal (ou dentro de outras cavidades por outras causas), suficiente para induzir uma distensão que vai trazer o corpo à superfície. O efeito produzido pelo disparo de um canhão é o de simples vibração. Isso também pode soltar o corpo da lama macia ou do lodo em que está enfiado, assim permitindo que ele se erga quando outros agentes o prepararam para fazê-lo; ou isso pode superar a tenacidade de algumas partes putrescentes do tecido celular; permitindo que as cavidades dilatem sob a influência do gás.

"Tendo assim diante de nós toda a filosofia do assunto, podemos facilmente testar por meio dela as afirmações do *L'Etoile*. 'A vivência mostra', afirma o jornal, 'que corpos afogados, ou corpos lançados na água imediatamente após a morte violenta, levam de seis a dez dias para que a decomposição se consuma e os leve até a superfície. Mesmo quando um canhão é disparado contra um cadáver, e ele emerge antes de pelo menos cinco ou seis dias de imersão, afundará novamente, se deixado à própria sorte.'"

"Todo esse parágrafo deve agora parecer um emaranhado de inconsequência e incoerência. Toda vivência não mostra que 'corpos afogados' requerem de seis a dez dias para que ocorra uma decomposição suficiente de modo a trazê-los para a superfície. Ambas a ciência e a experiência mostram que o período dessa subida é, e necessariamente deve ser, indeterminado. Caso, além disso, um corpo tenha subido à superfície por meio do disparo de um canhão, não 'afundará novamente se deixado à própria sorte' até que a decomposição tenha progredido a ponto de permitir o escape dos gases gerados. Mas desejo chamar sua atenção para a distinção que é feita entre 'corpos afogados' e 'corpos lançados na água imediatamente após a morte violenta'. Apesar de o autor admitir a distinção, ele ainda assim inclui todos na mesma categoria. Demonstrei de que forma o corpo de um homem que está se afogando torna-se especificamente mais pesado do que o volume de água, e que ele de modo algum afundaria, a não ser devido aos esforços com os quais ele eleva seus braços acima da superfície, e à luta por fôlego enquanto está abaixo da superfície — luta que introduz água no local do ar original nos pulmões. Mas esses esforços e essa luta não ocorreriam no corpo 'lançado na água imediatamente após a morte violenta'. Assim, nesse último caso, o corpo, como regra geral, de modo algum afundaria — um fato que o *L'Etoile* evidentemente ignora. Quando a decomposição prosseguiu para um estado muito avançado — quando a carne, em grande medida, desprendeu-se dos ossos —, então, de fato, mas não antes, perderemos o cadáver de vista.

"E agora, o que devemos fazer com o argumento de que o corpo encontrado podia não ser o de Marie Rogêt, porque, transcorridos somente três dias, esse corpo foi descoberto boiando? Se afogada, sendo mulher, ela poderia nunca ter afundado; ou, tendo afundado, poderia ter reaparecido em vinte e quatro horas, ou menos. Mas ninguém supõe que ela tenha se afogado; e, morrendo antes de ser lançada no rio, ela poderia ter sido encontrada flutuando em qualquer outro período que se seguiu.

"'Mas', afirma o *L'Etoile*, 'se o corpo tivesse sido mantido na margem em seu estado desfigurado até a noite da terça-feira, algum traço dos assassinos teria sido encontrado por ali'. Aqui, em um primeiro momento, é difícil perceber a intenção do jornal. Ele pretende antecipar o que imagina ser uma possível objeção a sua teoria — a saber: que o corpo foi mantido na margem por dois dias, sofrendo rápida decomposição — mais rápida do que se estivesse imerso na água. O jornal supõe que, tivesse esse sido o caso, o corpo poderia ter aparecido na superfície na quarta-feira, e acredita que somente sob essas circunstâncias poderia ter vindo à tona. Portanto, o jornal apressa-se em mostrar que o corpo não foi mantido na margem; pois, se assim fosse, 'algum traço dos assassinos teria sido encontrado na margem'. Presumo que você vá rir do *sequitur**. Não há meios pelos quais é possível fazê-lo ver como a mera duração do ca-

* Do latim: sequência.

dáver na margem poderia atuar para multiplicar traços dos assassinos. Tampouco eu consigo ver.

"'E, além disso, é altamente improvável', continua o nosso jornal, 'que quaisquer malfeitores que houvessem cometido tal assassinato, como aqui está sendo suposto, teriam jogado o corpo na água sem um peso para afundá-lo, quando tal precaução poderia facilmente ter sido tomada'. Observe, aqui, a risível confusão de pensamento! Ninguém — nem mesmo o *L'Etoile* — discute o assassinato cometido *contra o corpo encontrado*. As marcas da violência são óbvias demais. É o objetivo de nosso jornalista simplesmente mostrar que aquele corpo não é o de Marie. Ele deseja provar que Marie não foi assassinada — não que o corpo não foi. No entanto, sua observação prova somente esse último ponto. Eis ali um cadáver sem um peso amarrado a ele. Os assassinos, ao lançá-lo no rio, não teriam deixado de prendê-lo a um peso. Assim sendo, o corpo não foi arremessado por assassinos. Isso é tudo que foi provado, se algo o foi. A questão da identidade não é sequer abordada, e o *L'Etoile* emprega dolorosos esforços em meramente contradizer agora o que admitira apenas um momento antes. 'Estamos perfeitamente convencidos', afirma o jornal, 'de que o corpo encontrado era o de uma mulher assassinada'.

"Nem é esse o único caso, mesmo nessa divisão de seu tema, em que o nosso argumentador involuntariamente questiona a si mesmo. Seu objetivo evidente, eu já disse, é reduzir, ao máximo possível, o intervalo entre o desaparecimento de Marie e a descoberta do corpo. Mesmo assim, nós o encontramos insistindo no ponto de que ninguém viu a moça desde o momento em que ela saiu da casa da mãe. 'Não temos evidência', diz ele, 'de que Marie Rogêt estivesse no plano dos vivos depois das nove horas do domingo, 22 de junho'. Como seu argumento é obviamente *ex parte*, ele deveria, ao menos, ter deixado esse assunto de fora; pois se houvesse alguém que tivesse visto Marie, digamos na segunda, ou na terça-feira, o intervalo em questão teria sido muito reduzido, e, de acordo com seu próprio raciocínio, muito diminuída a probabilidade de o corpo ser o da *grisette*. É, contudo, divertido observar que o *L'Etoile* insiste nesse ponto na crença absoluta de que favorece seu argumento geral.

"Reexamine agora aquela parte desse argumento que faz referência à identificação do corpo por Beauvais. Em relação aos pelos no braço, o *L'Etoile* foi obviamente insincero. M. Beauvais, não sendo um idiota, jamais teria salientado, na identificação do cadáver, simplesmente pelos no braço. Não há braços sem pelos. A generalidade da expressão do *L'Etoile* é uma mera perversão da fraseologia da testemunha. Ele deve ter falado de alguma peculiaridade nesses pelos. Devia ser uma peculiaridade de cor, quantidade, comprimento ou condição.

"'Seu pé', afirma o jornal, 'era pequeno — assim como milhares de pés. Sua liga também não constitui qualquer prova — tampouco seu sapato — porque sapatos e ligas são vendidos em embalagens. O mesmo pode ser dito das flores em seu chapéu. Um ponto em que M. Beauvais insiste vigorosamente é que a presilha da liga encontrada fora puxada para trás para ser mantida no lugar. Isso não leva a nada; pois a maioria das mulheres considera apropriado levar um par de ligas para casa e adaptá-las ao tamanho das pernas que irão circundar, em vez de experimentá-las na loja em que as adquiriram'. Aqui é difícil supor que o jornalista esteja falando sério. Tivesse M. Beauvais, em sua procura por Marie, descoberto um cadáver correspondendo em tamanho geral e aparência à moça desaparecida, ele teria se assegurado (sem referência alguma à questão de vestimentas) de formar uma opinião de que sua investigação fora bem sucedida. Se, em adição à questão do tamanho geral e do contorno, ele houvesse encontrado no braço os pelos de aparência peculiar que observara na Marie ainda viva, sua opinião poderia ter justamente se fortalecido; e o aumento da certeza poderia tranquilamente acontecer na proporção da peculiaridade, ou estranheza, da marca peluda. Se, os pés de Marie sendo pequenos, aqueles do cadáver também fossem pequenos, o aumento de probabilidade de que o corpo era o de Marie não seria meramente aritmético, mas altamente geométrico, ou acumulativo. Acrescente a tudo isso sapatos como os que ela reconhecidamente usava no dia de seu desaparecimento, e, apesar de esses sapatos poderem ser 'vendidos em embalagens', você aumenta a probabilidade no sentido de beirar a certeza. O que, em si próprio, não seria qualquer evidência de identidade, torna-se, por meio dessa posição corroborativa, a prova mais certa. Aceitemos, então, as flores no chapéu como correspondendo àquelas usadas pela moça desaparecida, e não procuraremos por nada mais. Se for apenas uma flor, não procuraremos por nada mais — e se então forem duas ou três, ou mais? Cada flor sucessiva é uma múltipla evidência — não prova *adicionada* a prova, mas multiplicada por centenas e milhares. Descobrindo-se agora, na falecida, ligas como as que a viva usava, será quase sandice prosseguir. Mas verificou-se que essas ligas estavam apertadas, pelo ajuste de presilhas, da mesma forma como as da própria Marie foram por ela ajustadas pouco antes de sair de casa. É, agora, loucura ou hipocrisia duvidar disso. O que o *L'Etoile* afirma em relação a esse aperto da liga ser uma ocorrência comum não mostra nada além de sua própria pertinácia no erro. A natureza elástica da liga de presilha é autodemonstrativa da raridade desse aperto. O que é feito para se ajustar sozinho só deve muito raramente exigir ajuste alheio. Deve ter sido por algum acidente, em seu sentido mais estrito, que essas ligas de Marie precisaram do aperto descrito. Elas apenas teriam estabelecido amplamente sua identidade. Mas não foi o fato de que descobriu-se que o cadáver tinha as ligas da garota desaparecida, ou seus sapatos, ou seu chapéu, ou as flores de seu gorro, ou seus pés, ou uma marca peculiar no braço, ou seu tamanho geral e aparência — é o fato de o cadáver ter cada uma dessas coisas, e *todas coletivamente*. Se pudesse ser provado que o editor do jornal *mantivesse* uma dúvida, sob essas circunstâncias, não haveria necessidade, nesse caso, de uma comissão de *lunatico inquirendo**. Ele julgou sagaz repercutir a conversa à boca pequena dos advogados, que, na maioria, contentam-se com repercutir os preceitos quadrados das cortes. Eu aqui observaria que muito do que é rejeitado como evidência por um tribunal é a melhor das evidências para o intelecto. Porque o tribunal, orientando-se pelos princípios gerais da evidência — os princípios reconhecidos e *registrados nos livros* —, é avesso a desviar-se em casos particulares. E essa inabalável aderência ao princípio, com rigoroso desprezo pela exceção conflitante, é um modo certo de atingir o máximo de verdade atingível, em qualquer longa sequência de tempo. A prática, em

* "Uma teoria baseada nas qualidades de um objeto vai impedir que ela seja desenvolvida de acordo com seus objetivos; e aquele que encontra tópicos em referência a suas causas cessará de valorizá-las de acordo com seus resultados. Assim a jurisprudência de toda nação vai mostrar que, quando a lei se torna uma ciência e um sistema, ela deixa de ser justiça. Os erros aos quais uma devoção cega a princípios de classificação levaram a lei comum serão vistos observando-se o quão frequente a legislatura foi obrigada a intervir para restabelecer a equidade que seu esquema perdeu."— Landor. (N. do A.)

massa, é então filosófica; mas não é menos certo que ela engendra vasto erro individual.

"Com respeito às insinuações direcionadas a Beauvais, você vai querer descartá-las com um sopro. Você já sondou o verdadeiro caráter desse bom cavalheiro. Ele é um intrometido, com muito de romance e pouco de sagacidade na cabeça. Qualquer um assim constituído vai prontamente se conduzir, por ocasião de uma excitação real, a tornar-se alguém suscetível à suspeita por parte dos muito agudos, ou dos mal-intencionados. M. Beauvais (conforme aparece em suas notas) teve algumas entrevistas pessoais com o editor do *L'Etoile*, e ofendeu-o por conjecturar a opinião de que o cadáver, não obstante a teoria do editor, era, com absoluta certeza, o de Marie. 'Ele persiste', afirma o jornal, 'em afirmar que o corpo é o de Marie, mas não é capaz de dar alguma particularidade, para além daquelas que comentamos, para fazer outros acreditarem'. Ora, sem voltar a aludir ao fato de que uma evidência mais forte 'para fazer outros acreditarem' jamais poderia ter sido apresentada, vale notar que um homem pode muito bem acreditar em algo, em casos desse tipo, sem conseguir oferecer uma única razão para que uma segunda parte também acredite. Nada é mais vago do que impressões de identidade individual. Todo homem reconhece seu próximo, mas ainda há poucos casos em que uma pessoa está pronta para dar uma razão para esse reconhecimento. O editor do

L'Etoile não tinha direito de se ofender com a crença irracional de M. Beauvais.

"Há de se constatar que as circunstâncias suspeitas que o cercam coincidem muito mais com a minha hipótese de bisbilhotice romântica do que com a suposição de culpa que faz o jornalista. Uma vez adotada a interpretação mais generosa, não encontraremos dificuldade para compreender a rosa no buraco da fechadura; o 'Marie' na lousa; os homens da família 'tirados do caminho'; a 'aversão a permitir que eles vissem o corpo'; o aviso dado a Madame B. de que ela não deveria conversar com o soldado de polícia até seu retorno (de Beauvais); e, por último, sua aparente determinação de que 'ninguém deveria ter alguma relação com os procedimentos além dele mesmo'. Para mim, parece inquestionável que Beauvais era um pretendente de Marie; que ela flertava com ele; e que ele era ambicioso quanto a ser visto como digno de fruir de toda a sua intimidade e confidência. Não hei de dizer mais nada a esse respeito; e, uma vez que as evidências refutam totalmente as afirmações do *L'Etoile*, no que diz respeito à apatia da parte da mãe e de outros parentes — uma apatia inconsistente com a suposição da crença do jornal de que aquele corpo seja o da moça da perfumaria —, devemos agora passar a ver se a questão da identidade foi definida de modo perfeitamente satisfatório para nós."

"E o que", perguntei aqui, "você acha das opiniões do *Le Commerciel?*"

"Que, em espírito, elas são muito mais dignas de atenção do que quaisquer outras que tenham sido propagadas sobre o assunto. As deduções partindo das premissas são filosóficas e perspicazes; mas as premissas, em dois casos, pelo menos, estão fundadas em uma observação imperfeita. O *Le Commerciel* pretende sugerir que Marie foi capturada por alguma gangue de sórdidos rufiões não muito longe da porta de sua mãe. 'É impossível', insiste o jornal, 'que uma pessoa tão bem conhecida de milhares como era essa moça tenha passado por três quarteirões sem que ninguém a tenha visto'. Essa é a ideia de um homem que é residente de Paris há muito tempo — um homem público — e alguém cujas caminhadas pela cidade foram na maioria limitadas à vizinhança de prédios públicos. Ele está ciente de que raramente chega a percorrer uma dúzia de quadras de seu próprio *bureau* sem ser reconhecido e abordado. E, tendo consciência da extensão de sua familiaridade pessoal com outros, e dos outros consigo, ele compara sua notoriedade com a da moça da perfumaria, não encontra muita diferença entre ambas, e chega prontamente à conclusão de que ela, em seus passeios, devia ser igualmente passível de reconhecimento como ele o é nos seus. Esse só poderia ser o caso se as caminhadas da moça fossem da mesma natureza invariável e metódica, e dentro do mesmo tipo de região limitada que as dele. Ele vai e vem, em intervalos regulares, dentro de um perímetro limitado, repleto de indivíduos que são levados a observá-lo devido ao interesse despertado pela natureza parecida de sua ocupação com as deles próprios. Mas podemos supor que as caminhadas de Marie, no geral, são diversas. Nesse caso particular, há de se compreender, como mais provável, que ela prosseguiu em um trajeto com variação em média maior do que os de costume. O paralelo que imaginamos ter existido na mente do *Le Commerciel* só poderia se sustentar pela eventualidade de dois indivíduos atravessando toda a cidade. Nesse caso, assegurando-se de que as relações pessoais sejam iguais, as chances também seriam iguais de que um número igual de pessoas fosse encontrado. De minha parte, devo sustentar que não só é possível, mas muito mais do que provável, que Marie possa ter seguido, em qualquer momento, por uma das muitas rotas entre sua própria residência e a da tia sem encontrar um único indivíduo que ela conhecesse, ou por quem fosse conhecida. Ao ver essa questão sob sua luz plena e apropriada, devemos ter em mente, com firmeza, a grande desproporção entre as relações pessoais até mesmo do mais notável indivíduo de Paris e a população total da própria Paris.

"Mas seja qual for a força que ainda possa manifestar-se na sugestão do *Le Commerciel*, será bastante diminuída quando considerarmos a hora em que a moça saiu. 'Foi no momento em que as ruas estavam cheias de gente', afirma o *Le Commerciel*, 'que ela saiu'. Mas não foi assim. Eram nove horas da manhã. Ora, às nove horas de cada manhã da semana, *com exceção do domingo*, as ruas estão, é verdade, apinhadas de gente. Às nove de domingo, o populacho está na maioria dentro de casa *preparando-se para a igreja*. Nenhuma pessoa observadora terá falhado ao notar o ar peculiarmente deserto da cidade, entre cerca de oito até dez horas da manhã de todo domingo. Entre dez e onze as ruas ficam apinhadas, mas não em um horário tão cedo quanto o que foi apontado.

"Há outro ponto em que parece haver uma deficiência de observação da parte do *Le Commerciel*. 'Um pedaço', diz o jornal, 'de uma das anáguas da infeliz garota, de cerca de sessenta centímetros de comprimento e trinta de largura, foi rasgado e amarrado sob seu pescoço ao redor da nuca, provavelmente para evitar gritos. Isso foi feito por sujeitos que não tinham lenços de bolso.' Se essa ideia está ou não bem fundamentada, empenharemo-nos em ver mais à frente; mas por 'sujeitos que não tinham lenços de bolso' o editor entende a mais baixa classe de rufiões. Esses, entretanto, são a exata categoria de pessoas que sempre carregam algum lenço, mesmo quando destituídas de camisa. Você deve ter tido oportunidade de observar quão absolutamente indispensável, em anos recentes, tornou-se o lenço de bolso para esses rematados canalhas."

"E o que devemos pensar", perguntei, "do artigo no *Le Soleil*?"

"Que é uma enorme pena que seu editor não tenha nascido um papagaio — caso em que ele teria sido o papagaio mais ilustre de sua raça. Ele meramente repetiu os itens individuais da opinião já publicada; coletando-a, com louvável labor, desse e daquele jornal. 'Os objetos estavam todos evidentemente no local', afirma, 'por ao menos três ou quatro semanas, e *não pode haver dúvidas* de que o local desse ultraje apavorante fora descoberto.' Os fatos aqui reafirmados pelo *Le Soleil* estão mesmo muito longe de remover minhas próprias dúvidas a esse respeito, e nós vamos examiná-los mais particularmente adiante em conexão com outra parte do tema.

"No momento presente, devemos nos ocupar com outras investigações. Você deve ter reparado na extrema lassidão com que o cadáver foi examinado. Evidentemente a questão da identidade foi imediatamente determinada, ou deveria ter sido; mas havia outros pontos a serem apurados. Terá sido o corpo despojado em algum aspecto? Acaso a vítima usava alguns artigos de joalheria ao sair de casa? Se usava, estava com algum quando foi encontrada? Essas são questões importantes completamente ignoradas pelo inquérito; e há outras de igual importância que não receberam nenhuma atenção. Devemos nos empenhar em nos satisfazermos com uma investigação pessoal. O caso de St. Eustache precisa ser reexaminado. Não tenho suspeitas em relação a essa pessoa; mas vamos proceder metodicamente. Vamos verificar além da dúvida a validade do depoimento juramentado sobre seu paradeiro no domingo. Depoimentos dessa natureza são prontamente sujeitos à mistificação. Caso não haja nada errado, entretanto, vamos dispensar

St. Eustache de nossas investigações. Seu suicídio, ainda que corroborante de suspeita caso fosse descoberta alguma falsidade no depoimento, não é, sem essa falsidade, uma circunstância inexplicável, ou uma que exija que nos desviemos da linha de análise ordinária.

"Naquilo que agora proponho, vamos descartar os pontos internos dessa tragédia, e concentraremos nossa atenção em seus arredores. Não é o erro menos usual, em investigações como essa, limitar o inquérito ao que é imediato, com total desprezo aos eventos colaterais ou circunstanciais. É o mau hábito dos tribunais confinar evidências e debates aos limites da relevância aparente. Ainda assim, a experiência mostrou, e a verdadeira filosofia sempre vai mostrar, que uma vasta parte, talvez a maior, da verdade surge daquilo que parece irrelevante. É por intermédio do espírito desse princípio, quando não precisamente por meio de sua letra, que a ciência moderna resolveu calcular a partir do que é imprevisto. Mas talvez você não me compreenda. A história do conhecimento humano tem mostrado tão ininterruptamente que aos eventos colaterais, ou incidentais ou acidentais, devemos as mais numerosas e valiosas descobertas, que com o tempo tornou-se necessário, em qualquer visão perspectiva de aprimoramento, empregar não somente grandes, mas os maiores subsídios em invenções que surgirão por acaso, e deveras fora do alcance da expectativa ordinária. Deixou de ser filosófico basear, naquilo que já foi, uma visão daquilo que será. Acidentes são admitidos como uma parte da subestrutura. Fazemos do acaso matéria de cálculo absoluto. Sujeitamos o inesperado e o inimaginado às *fórmulas* matemáticas das escolas.

"Repito não ser nada além de um fato que a maior porção de toda verdade tenha brotado daquilo que é colateral; e não é senão de acordo com o espírito do princípio envolvido nesse fato que eu desviaria a investigação, no caso presente, do já trilhado e até aqui infrutífero terreno do evento em si, para as circunstâncias contemporâneas que o rodeiam. Enquanto você apura a validade do depoimento juramentado, vou examinar os jornais de forma mais geral do que você fez antes. Até então, nós apenas reconhecemos o campo da investigação; mas será de fato estranho se uma pesquisa abrangente dos periódicos, tal como a que proponho, não nos proporcionar alguns pontos minuciosos que estabeleçam uma direção para a investigação."

Seguindo a sugestão de Dupin, realizei um exame escrupuloso do caso da questão dos depoimentos juramentados. O resultado foi uma firme convicção de sua validade, e da consequente inocência de St. Eustache. Enquanto isso, meu amigo ocupava-se com o que, para mim, parecia uma minúcia no geral sem propósito, em um escrutínio dos vários arquivos dos jornais. No final da semana ele colocou diante de mim os seguintes excertos:

> Cerca de três anos e meio atrás, um distúrbio muito semelhante ao presente foi causado pelo desapare-

cimento da mesma Marie Rogêt, da perfumaria de Monsieur Le Blanc, no Palais Royal. Ao final de uma semana, no entanto, ela reapareceu no seu balcão de costume, tão bem como nunca, com a exceção de uma leve palidez não de todo comum. Foi afirmado por Monsieur Le Blanc e sua mãe que ela havia meramente visitado uma amiga no campo; e o caso foi rapidamente abafado. Nós presumimos que a presente ausência seja um desvario da mesma natureza, e que, ao expirar-se uma semana, ou talvez um mês, ela novamente estará entre nós. — Jornal vespertino* — segunda-feira, 23 de junho.

Um jornal vespertino de ontem refere-se a um desaparecimento misterioso anterior de Mademoiselle Rogêt. É bem sabido que, durante a semana de sua ausência da perfumaria de Le Blanc, ela estava na companhia de um jovem oficial da marinha, muito afamado por suas devassidões. Uma altercação, supõe-se, providencialmente fez com que ela retornasse para casa. Temos o nome do Lothario† em questão, que está, neste momento, atracado em Paris, mas, por razões óbvias, evitamos torná-lo público. — *Le Mercurie*‡ — terça-feira, 24 de junho.

* *New York Express*. (N. do A.)

† Homem sedutor.

‡ *New York Herald*. (N. do A.)

Um ultraje do caráter mais atroz foi perpetrado próximo a essa cidade no dia antes de ontem. Um cavalheiro, acompanhado por sua esposa e sua filha, solicitou, ao final do dia, o serviço de seis rapazes que remavam ociosamente um bote entre uma margem e outra do Sena, para que os transportassem através do rio. Ao chegarem à margem oposta, os três passageiros desembarcaram, e haviam prosseguido a ponto de perderem o bote de vista quando a filha descobriu que tinha deixado nele sua sombrinha. Ela voltou para buscá-lo, foi capturada pela gangue, arrastada pelo rio, amordaçada, brutalizada e finalmente levada à margem, em um ponto não muito distante daquele em que ela originalmente havia embarcado com os pais. Os vilões escaparam pelo momento, mas a polícia está em seu rastro, e alguns deles serão capturados em breve. — Jornal matutino* — 25 de junho.

Nós recebemos uma ou duas cartas cujo objetivo é associar o crime da atrocidade recente a Mennais†; mas, como esse cavalheiro foi totalmente exonerado por uma investigação legal, e como os argumentos de vários de nossos correspondentes parecem ser mais fervorosos do que profundos, não consi-

* *New York Courier and Inquirer.* (N. do A.)

† Mennais foi um dos envolvidos originalmente considerados suspeitos e detidos, mas liberado pela total ausência de evidências. (N. do A.)

deramos recomendável torná-las públicos. — Jornal matutino* — 28 de junho.

Nós recebemos várias missivas forçosamente escritas, ao que parece de fontes diversas, e que estendem-se no sentido de transmitir a certeza de que a desafortunada Marie Rogêt tornou-se a vítima de um dos muitos bandos de criminosos que infestam a vizinhança da cidade aos domingos. Nossa própria opinião é decididamente a favor dessa suposição. Vamos nos empenhar em abrir espaço para alguns desses argumentos daqui em diante. — Jornal vespertino† — terça-feira, 31 de junho.

Na segunda-feira, um dos balseiros empregados pelo serviço fiscal viu um bote vazio flutuando pelo Sena. As velas estavam no fundo do barco. O barqueiro rebocou-o até a administração das balsas. Na manhã seguinte, o barco foi levado de lá sem o conhecimento de qualquer um dos funcionários. O leme encontra-se na administração das balsas. — *Le Diligence* — quinta-feira, 26 de junho.

Após ler esses vários trechos, eles não apenas me pareceram irrelevantes, como não fui capaz de perceber

* *New York Courier and Inquirer.* (N. do A.)
† *New York Evening Post.* (N. do A.)

o modo como qualquer um deles poderia acrescentar algo ao assunto em questão. Esperei por alguma explicação de Dupin.

"Não é minha intenção no presente momento", ele disse, "deter-me no primeiro e no segundo desses excertos. Eu os copiei basicamente para mostrar a você a extrema frouxidão da polícia, que, até onde posso entender pelo que disse o chefe de polícia, não se deu o trabalho, em qualquer aspecto, de uma investigação do oficial naval a que se aludiu. Ainda assim, é mero desatino dizer que, entre o primeiro e o segundo desaparecimento de Marie, *supostamente* não há ligação. Vamos admitir que a primeira fuga tenha resultado em uma briga entre os enamorados, e no retorno para casa da moça desnorteada. Estamos agora preparados para considerar a segunda fuga (se sabemos que uma fuga novamente ocorreu) como indicativa da renovação dos avanços do sedutor, mais do que como o resultado de novas propostas feitas por um segundo indivíduo — estamos preparados para entender isso como 'fazer as pazes' do velho *amour*, mais do que como o início de um novo. As chances são de dez contra uma de que aquele que fugiu uma vez com Marie fosse propor uma nova fuga, mais do que ela, para quem propostas semelhantes foram feitas por um indivíduo, tenha recebido essas propostas por parte de outro. E aqui deixe-me chamar sua atenção para o fato de que o tempo transcorrido entre a primeira fuga apurada e a segunda suposta é de alguns meses a mais do que o período geral que duram as navegações de nossos homens de guerra. Teria o enamorado sido interrompido em sua primeira vilania pela necessidade de partir ao mar, e teria ele aproveitado o primeiro momento de seu retorno para renovar a base de suas intenções ainda não totalmente realizadas — ou ainda não totalmente realizadas por *ele*? De todas essas coisas, não sabemos nada.

"Dirá você, contudo, que, no segundo caso, não houve fuga como imaginado. Certamente não — mas estamos preparados para afirmar que não houve o intuito frustrado? Para além de St. Eustache, e talvez de Beauvais, não encontramos nenhum pretendente reconhecido, assumido, honrado de Marie. Nada foi dito a respeito de outros. Quem, então, é o amante secreto, de quem os parentes (ao menos a maioria) nada sabem, mas com quem Marie se encontra na manhã de domingo, e que goza tão profundamente da confiança da moça que ela não hesita em permanecer com ele até que as sombras da noite caiam, entre os arvoredos solitários da Barrière du Roule? Quem é esse enamorado secreto, pergunto eu, de quem, ao menos, a maioria dos parentes nada sabe? E o que significa a singular profecia de Madame Rogêt na manhã da partida de Marie? — 'Temo que nunca veja Marie novamente'.

"Mas se não imaginamos Madame Rogêt a par da intenção de fuga, não poderemos ao menos supor que essa intenção foi cogitada pela moça? Ao sair de casa, ela deu a entender que pretendia visitar sua tia na Rue des Drâmes e St. Eustache foi chamado para buscá-la ao anoitecer. Ora, à primeira vista, esse fato investe fortemente contra a minha sugestão; — mas reflitamos. Que ela encontrou alguma companhia, e prosseguiu com ela ao longo do rio, alcançando a Barrière du Roule já tarde, às três horas, é sabido. Mas ao consentir assim em acompanhar esse indivíduo (*seja qual for o motivo — por sua mãe conhecido ou ignorado*), ela deve ter pensado nessa intenção que expressou quando saiu de casa, e na surpresa e na suspeita despertadas no peito daquele que era seu prometido, St. Eustache, quando, chamando por ela, na hora combinada, na Rue des Drâmes, ele viesse a descobrir que ela não estava lá, e quando, além disso, ao retornar para a pensão com essa alarmante informação, ele tomasse consciência de sua prolongada ausência de casa. Ela deve ter pensado nessas coisas, reafirmo. Ela deve ter antevisto o pesar de St. Eustache, a suspeita de todos. Ela não poderia ter pensado em voltar para enfrentar essa suspeita; mas a suspeita torna-se um ponto de trivial importância para ela, se supomos que não pretendia retornar.

"Podemos imaginá-la pensando da seguinte forma — 'Vou encontrar uma certa pessoa com o propósito de fugir, ou com certos propósitos somente conhecidos por mim mesma. É necessário que não haja possibilidade de interrupção — precisamos ter tempo suficiente para frustrar qualquer busca — darei por entendido que vou visitar e passar o dia com minha tia na Rue des Drâmes — direi a St. Eustache para que não me busque antes do anoitecer — dessa forma, minha ausência de casa pelo período mais longo possível, sem causar suspeita ou ansiedade, será justificado, e ganharei mais tempo do que de qualquer outra maneira. Se peço a St. Eustache para me buscar à noite, ele certamente não virá antes; mas, se eu negligenciar por completo o pedido para que me encontre, meu tempo de fuga será reduzido, uma vez que será esperado que eu volte o quanto antes, e minha ausência vai despertar ansiedade mais cedo. Ora, se fosse minha intenção retornar de algum modo — se eu considerasse apenas um passeio com o indivíduo em questão —, não seria meu estratagema pedir a St. Eustache que fosse me encontrar; pois, ao fazer isso, ele certamente descobrirá que o enganei — fato do qual posso mantê-lo ignorante para sempre ao sair de casa sem notificá-lo de minha intenção, voltando antes de anoitecer e então afirmando que estive em visita à minha tia na Rue des Drâmes. Mas, como é minha intenção nunca mais retornar — ou não retornar por algumas semanas — ou até que certos ocultamentos sejam efetuados —, o ganho de tempo é o único ponto ao qual devo dedicar qualquer preocupação.'

"Você constatou, em suas notas, que a opinião mais geral a respeito desse triste caso é, e foi desde o começo, a de que a moça foi vítima de uma gangue de meliantes. Ora, a opinião popular, sob certas condições, não deve ser desprezada. Quando originada por si mesma — quando manifestando-se de uma forma estritamente espontânea —, nós devemos observá-la como análoga àquela *intuição* que é a idiossincrasia do homem de gênio individual. Em noventa e nove casos de cem eu respeitaria o que ela decidir. Mas é importante que não encontremos traços palpáveis de *sugestão*. A opinião deve ser rigorosamente *própria do público*; e a distinção é, com frequência, excessivamente difícil de perceber e de manter. Na presente circunstância, parece para mim que essa 'opinião pública' a respeito de uma gangue foi induzida pelo evento colateral que é detalhado no terceiro de meus excertos. Toda Paris está agitada com o descobrimento do cadáver de Marie, uma mulher jovem, bela e conhecida. Esse cadáver é encontrado carregando marcas de violência e boiando no rio. Mas agora foi divulgado que, no mesmo período, ou por volta do mesmo período, em que se supõe que a garota foi assassinada, uma barbárie de natureza similar àquela enfrentada pela falecida, ainda que em menor extensão, foi perpetrada por uma gangue de jovens rufiões contra a figura de uma segunda jovem mulher. Não é extraordinário que a atrocidade conhecida influencie o julgamento popular em relação à outra desconhecida? Esse julgamento aguardava orientação, e a barbárie conhecida pareceu tão oportunamente fornecê-la! Marie, também, foi encontrada no rio; e foi nesse mesmo rio que a barbárie que se conhece foi cometida. A conexão entre os dois eventos tinha em si tanto de palpável que a verdadeira surpresa teria sido a população falhar em percebê-la e dela se apropriar. Mas, na verdade, a única barbárie, reconhecidamente assumida como tal, é, se tanto, evidência de que a outra, cometida em um momento proximamente coincidente, não foi assim cometida. Teria sido de fato um milagre se, enquanto uma gangue de rufiões estivesse perpetrando, em um local específico, maldades sem precedente, houvesse outra gangue similar, em uma localidade similar, na mesma cidade, sob as mesmas circunstâncias, com os mesmos meios aplicados, envolvida em maldades de precisamente o mesmo aspecto, e precisamente no mesmo período de tempo! No entanto, no que, se não nessa maravilhosa cadeia de coincidências, a opinião acidentalmente sugerida do populacho espera que acreditemos?

"Antes de prosseguir além, vamos considerar a suposta cena do assassinato, no matagal na Barrière du Roule. Esse matagal, embora denso, ficava na vizinhança próxima a uma via pública. Dentro havia três ou quatro pedras grandes, formando uma espécie de assento com um encosto e um escabelo. Na pedra de cima foi descoberta uma anágua branca; na segunda, uma echarpe de seda. Uma sombrinha, luvas e um lenço de bolso também foram encontrados. O lenço portava o nome 'Marie Rogêt'. Fragmentos de vestido foram vistos nos galhos ao redor. A terra estava revolvida, os arbustos, quebrados, e havia todas as evidências de uma luta violenta.

"Não obstante a aclamação com que a descoberta desse matagal foi recebida pela imprensa, e a unanimidade com a qual supôs-se que o fato indicava a cena exata da barbárie, deve ser admitido que havia uma ótima razão para se duvidar disso. Que foi a cena, posso ou não acreditar — mas havia uma excelente razão para duvidar. Se a verdadeira cena fosse, como sugeriu o *Le Commerciel*, na vizinhança da Rue Pavée St. Andrée, os perpetradores do crime, supondo que ainda residam em Paris, teriam naturalmente sido tomados pelo terror com a atenção pública assim tão acuradamente dirigida ao canal apropriado; e, em certas classes de mentes, teria surgido, prontamente, uma percepção da necessidade de algum esforço no sentido de distrair essa atenção. E assim, tendo o matagal da Barrière du Roule já causado suspeitas, a ideia de colocar os objetos onde foram encontrados pode ter sido naturalmente engendrada. Não existe evidência real, ainda que o *Le Soleil* assim o suponha, de que os objetos achados estivessem por mais do que alguns dias no matagal; ao passo que existem muitas provas circunstanciais de que eles não podiam ter permanecido lá sem atrair atenção, durante os vinte dias transcorridos entre o domingo fatal e a tarde na qual foram encontrados pelos garotos. 'Estavam todos muito *embolorados*', afirma o *Le Soleil*, adotando as opiniões de seus predecessores, 'devido à ação da chuva, e colados com o bolor. A relva havia crescido em volta e sobre alguns deles. A seda da sombrinha era resistente, mas suas tramas haviam se grudado por dentro. A parte de cima, que fora fechada e dobrada, estava embolorada e podre, e rasgou ao ser aberta.' Com relação à relva ter 'crescido em volta e sobre alguns deles', é óbvio que esse fato só poderia ter sido depreendido a partir das palavras, e dessa forma das lembranças, de dois meninos pequenos; pois esses meninos removeram os objetos e os levaram para casa antes de serem vistos por uma terceira parte. Mas a grama crescerá, especialmente no clima quente e úmido (tal como era o do período do assassinato), até cerca de seis ou sete centímetros em um único dia. Uma sombrinha caída sobre um solo de relva viçosa pode, em uma semana, ficar completamente oculta da vista pela grama que cresce. E, no que concerne ao bolor em que o editor do *Le Soleil* tão pertinentemente insiste, de tal maneira que ele emprega a palavra não menos do que três vezes no breve parágrafo acima citado, será que ele realmente ignora a natureza desse bolor? Ninguém lhe informou que pertence a uma das muitas classes de fungos, dos quais a característica mais ordinária é o crescimento e a decadência dentro de vinte e quatro horas?

"Assim notamos, em um relance, que aquilo que foi mais triunfantemente aduzido como apoio à ideia de que os objetos estavam 'por pelo menos três ou quatro semanas' no matagal é a mais absurda nulidade no que se refere a evidência de tal fato. Por outro lado, é excessivamente difícil acreditar que esses objetos possam ter permanecido no referido matagal por um período mais longo do que uma única semana — por um período mais longo do que o de um domingo para o outro. Aqueles que conhecem minimamente os arredores de Paris sabem da extrema dificuldade de encontrar reclusão, a não ser a uma grande distância dos subúrbios. Algo como um recesso inexplorado, ou mesmo raramente visitado, entre seus bosques e arvoredos, não deve ser imaginado sequer por um momento. Que o tente alguém que, sendo no fundo um amante da natureza, ainda que acorrentado pelo dever à poeira e ao calor dessa grande metrópole — que alguém nessas condições tente, mesmo durante os dias da semana, aplacar sua sede de solidão entre os cenários naturalmente adoráveis que nos cercam. A cada dois passos ele perceberá o crescente encanto dissipar-se pela voz e pela intromissão pessoal de algum rufião ou de patifes ébrios. Ele procurará por privacidade em meio às densas folhagens, mas tudo em vão. Aí são os mesmos recantos em que mais se alastram esses porcos — aí são os templos dos mais blasfemos. Com o coração oprimido, o andarilho voltará rapidamente para a poluída Paris como sendo um lugar menos odioso porque é menos incongruente o antro de poluição. Mas se os arredores da cidade são tão assediados durante os dias da semana, quão muito mais não o são no domingo! É especialmente quando, liberados das reivindicações do trabalho, ou privados das costumeiras oportunidades do crime, os meliantes da cidade buscam os arredores urbanos, não por amor ao campo, que em seus corações eles desprezam, mas como forma de escapar das restrições e das convenções da sociedade. Eles desejam menos o ar fresco e as árvores verdes, e mais a total licenciosidade do campo. Lá, em uma estalagem à beira da estrada, ou entre as folhagens dos bosques, eles se entregam, sem a vigilância de qualquer olhar que não os de seus companheiros de farra, a todos os excessos loucos de uma falsa hilaridade — o fruto da combinação entre liberdade e rum. Não digo nada além do que deve ser óbvio para qualquer observador desencantado quando repito que a circunstância dos objetos em questão terem permanecido sem ser descobertos por um período mais longo do que de um domingo para outro, em qualquer matagal nos arredores de Paris, deve ser entendida como nada menos do que miraculosa.

"Mas não há necessidade de outros embasamentos para a suspeita de que os objetos foram colocados no matagal com vistas a distrair atenção da cena real do ultraje. E, em primeiro lugar, deixe-me orientar sua percepção à data de descoberta dos objetos. Confronte com ela a data do quinto excerto que selecionei dos jornais. Você vai perceber que a descoberta se sucedeu, quase que imediatamente, às cartas urgentes enviadas ao jornal vespertino. Essas cartas, apesar de inúmeras e de aparentemente virem de várias fontes, tendiam todas ao mesmo ponto — qual seja, dirigir a atenção a uma gangue como sendo a perpetradora do ultraje, e à vizinhança da Barrière du Roule como sendo a sua cena. Ora, aqui, é claro, a suspeita não é a de que, como consequência dessas cartas, ou da atenção pública por elas direcionada, os objetos tenham sido encontrados pelos meninos; mas a suspeita pode e deve ser a de que os objetos não tenham sido encontrados antes pelos meninos pela razão de que não estavam antes no matagal; tendo sido depositados lá somente em um momento tão tardio como o da data das cartas, ou pouco antes disso, pelos próprios autores responsáveis por essas cartas.

"Esse matagal era singular — excessivamente singular. Era incomumente denso. No interior de seu claustro naturalmente emparedado havia três pedras extraordinárias formando um assento com um encosto e um escabelo. E esse matagal, tão pleno de arte natural, ficava na vizinhança imediata, a alguns metros, da residência de Madame Deluc, cujos meninos tinham o hábito de examinar detidamente os arbustos em torno à procura da casca do sassafrás. Acaso seria uma aposta precipitada — uma aposta de mil contra um — imaginar que um dia sequer tenha passado sobre a cabeça desses meninos que não encontrasse ao menos um deles escondido nesse salão penumbroso e entronizado em seu trono natural? Aqueles que hesitam numa aposta dessas jamais foram meninos, ou esqueceram-se da natureza dos meninos. Repito — é excessivamente árduo compreender como os objetos podiam ter permanecido nesse matagal sem serem descobertos por um período mais extenso do que um ou dois dias; e desta forma há bons alicerces para suspeitar, apesar da ignorância dogmática do *Le Soleil*, de que esses objetos foram, em uma data comparativamente recente, colocados onde foram encontrados.

"Mas ainda há outras razões para acreditar que foram desse modo colocados, razões mais fortes do que qualquer outra que destaquei até aqui. E, agora, deixe-me chamar sua atenção para a disposição altamente artificial dos objetos. Na pedra de cima estava uma anágua branca; na segunda, uma echarpe de seda; espalhados, estavam uma sombrinha, luvas e um lenço com o nome 'Marie Rogêt'. Aqui encontramos uma tal disposição que teria sido naturalmente feita por uma pessoa não muito brilhante que desejasse arranjar os objetos naturalmente. Mas não se trata em absoluto de uma disposição natural. Eu antes teria imaginado ver as coisas todas espalhadas pelo chão e pisoteadas. Nos limites estreitos daquele recesso, dificilmente teria sido possível que a anágua e a echarpe fossem parar em cima das pedras, quando sujeitas ao contato e às idas e vindas de muitas pessoas que lutavam. 'Havia evidências', foi dito, 'de uma luta; e a terra estava revolvida, os galhos estavam quebrados' —, mas a anágua e a echarpe foram encontradas como se estivessem acomodadas em prateleiras. 'Os pedaços de seu vestido rasgados pelos arbustos tinham cerca de oito centímetros de largura por oito de comprimento. Uma parte era a bainha do vestido, e fora remendada; o outro pedaço era parte da saia, não a bainha. Pareciam tiras arrancadas.' Aqui, inadvertidamente, o *Le Soleil* empregou uma frase sobremaneira suspeita. Os pedaços, como foi descrito, de fato 'pareciam tiras arrancadas'; mas propositalmente e com a mão. É um acidente dos mais raros que um pedaço seja 'arrancado' de qualquer vestuário como o que agora está em questão pela ação de um espinho. Pela própria natureza desses tecidos, um espinho ou um prego neles enganchado os rasga retangularmente — divide-os em duas brechas longitudinais, em ângulos retos uma com a outra, e encontrando-se em um ápice onde o espinho entra —, mas é quase impossível conceber que o pedaço seja 'arrancado'. Nunca ouvi falar de tal coisa, você tampouco. Para arrancar o pedaço de tal tecido, duas forças distintas, em diferentes direções, serão, em quase qualquer caso, exigidas. Se houver duas extremidades no tecido — se, por exemplo, for um lenço de bolso, e se se quiser arrancar dele uma tira, então, e somente então, uma única força servirá ao propósito. Mas no presente caso trata-se de um vestido, apresentando senão uma extremidade. Arrancar um pedaço do interior, onde não há extremidade, só poderia acontecer por milagre pela ação de espinhos, e nenhum espinho sozinho poderia fazê-lo. Mas, mesmo quando uma extremidade é apresentada, dois espinhos serão necessários, operando um em duas direções distintas, e outro em uma. E isso na suposição de que a extremidade não tenha bainha. Se for embainhada, é praticamente assunto fora de cogitação. Assim vemos os inúmeros e grandes obstáculos no caminho em relação a pedaços sendo 'arrancados' pela simples ação de 'espinhos'; ainda assim somos forçados a acreditar que não somente aquele pedaço, mas muitos foram da mesma forma arrancados. 'E uma parte', também, 'era a bainha do vestido!' Outro pedaço era 'parte da saia, não a bainha', — ou seja, foi completamente arrancada pela ação de espinhos, da parte interna do vestido! Essas, digo eu, são coisas nas quais alguém pode ser perdoado por não crer; no entanto, tomadas coletivamente, elas formam, talvez, uma base menos razoável para suspeitas do que a espantosa circunstância de os objetos terem sido deixados naquele matagal por quaisquer assassinos precavidos o bastante a ponto de pensar em remover o cadáver. Você não terá me compreendido corretamente, no entanto, se supuser ser a minha intenção negar que esse matagal tenha sido a cena da barbárie. Pode ter ocorrido um crime nele, ou, mais possivelmente, um acidente na casa de Madame Deluc. Mas, na verdade, esse é um ponto de menor importância. Não estamos envolvidos em uma tentativa de descobrir a cena, mas sim em encontrar os perpetradores do crime. O que aduzi, não obstante a minuciosidade com que o fiz, foi com vistas a, em primeiro lugar, mostrar a insensatez das afirmações confiantes e precipitadas do *Le Soleil*, mas, em segundo lugar e principalmente, trazê-lo, pela rota mais natural, a uma contemplação mais aprofundada da dúvida quanto a esse assassinato ter sido, ou não, obra de uma gangue.

"Vamos retomar essa questão pela mera alusão aos revoltantes detalhes do cirurgião ouvido no inquérito. É somente necessário dizer que suas inferências publicadas com respeito ao número de rufiões foram apropriadamente ridicularizadas como equivocadas e desprovidas de base por todos os anatomistas de reputação de Paris. Não porque o assunto não poderia ter ocorrido como o inferido, mas porque não havia alicerce para a inferência: — não havia o suficiente para uma outra?

"Ponderemos agora sobre os 'sinais de uma luta'; e permita-me perguntar o que se supõe que esses sinais demonstrem. Uma gangue. Mas eles não demonstram, antes, a ausência de uma gangue? Que luta pode ter ocorrido — que luta tão violenta e tão duradoura de modo a deixar 'sinais' em todas as direções — entre uma moça frágil e indefesa e a gangue de rufiões imaginada? Bastaria o aperto silencioso de alguns braços rudes e tudo estaria acabado. A vítima teria se colocado absolutamente sob a vontade deles. Você deve, aqui, ter em mente que os argumentos enfatizados contra o matagal como a cena são aplicáveis, na maior parte, apenas contra o local como a cena de um ultraje cometido por mais de um único indivíduo. Se imaginarmos apenas um infrator, podemos conceber, e somente assim conceber, uma luta de natureza tão violenta e tão obstinada de modo a ter deixado os 'sinais' aparentes.

"E de novo. Já mencionei a suspeita a ser despertada pelo fato de que os objetos em questão possam ter permanecido de alguma forma no matagal onde foram encontrados. Parece quase impossível que essas evidências de culpa tenham sido acidentalmente deixadas no local em que foram achadas. Houve presença de espírito suficiente (supõe-se) para remover o cadáver; e no entanto uma evidência ainda mais clara de que o próprio cadáver (cujas feições podiam vir a ser rapidamente obliteradas pelo apodrecimento) é deixado conspicuamente na cena da barbárie — aludo ao lenço com o nome da vítima. Se isso foi um acidente, não foi o acidente de uma gangue. Podemos imaginá-lo somente como o acidente de um indivíduo. Vejamos. Um indivíduo cometeu o assassinato. Ele está sozinho com o fantasma da falecida. Aterrorizado pelo que permanece inerte diante de si. A fúria de sua paixão se esgotou, e há espaço de sobra em seu coração para o temor natural causado pelo ato. Ele não tem nada daquela confiança que a presença de grandes números inevitavelmente inspira. Ele está sozinho com a morta. Ele treme e está desnorteado. Contudo, há a necessidade de livrar-se do cadáver. Ele o arrasta até o rio, mas deixa atrás de si as outras evidências da culpa; pois é difícil, senão impossível, carregar todo o fardo de uma vez só, e será fácil voltar para pegar o que restou. Mas durante a penosa jornada até a água, seus medos intensificam-se. Os sons da vida envolvem seu caminho. Uma dúzia de vezes ele escuta ou imagina escutar os passos de um observador. Até mesmo as luzes da cidade desorientam-no. No entanto, com o tempo, e realizando longas e frequentes pausas de profunda agonia, ele alcança a margem do rio e livra-se do medonho fardo — talvez por intermédio de um bote. Mas agora, que tesouro o mundo guarda — que ameaça de vingança poderia existir — com poder para incitar o retorno daquele assassino solitário pelo caminho penoso e arriscado até o matagal e suas lembranças de gelar o sangue? Ele não retorna, sejam quais forem as consequências. Ele não poderia retornar se quisesse. Seu único pensamento é escapar imediatamente. Ele dá as costas para sempre aos terríveis arbustos e foge como se da fúria vindoura.

"Mas e se fosse uma gangue? Seu número ter-lhes-ia tornado confiantes; se, de fato, a confiança em algum momento esteve em falta no peito de rematados meliantes; e somente de rematados meliantes se supõe que gangues sejam constituídas. Seu número, repito, teria evitado o horror desorientado e infundado que eu imaginei ter paralisado o homem solitário. Se supuséssemos um deslize de um, ou dois, ou três, esse deslize teria sido remediado por um quarto. Eles não teriam deixado nada atrás de si; porque seu número teria permitido que carregassem tudo de uma vez. Não haveria necessidade de voltar.

"Considere agora a circunstância de que na vestimenta exterior do cadáver, quando encontrado, 'uma faixa com cerca de trinta centímetros de largura fora rasgada da bainha inferior até a cintura, presa por uma espécie de nó nas costas'. Isso foi feito com a óbvia intenção de se obter uma alça pela qual se carregasse o corpo. Mas teria qualquer número de homens sonhado recorrer a tal expediente? Para três ou quatro, os braços e pernas teriam fornecido não somente um ponto de preensão suficiente, mas o melhor possível. O artifício é de um único indivíduo; e isso nos conduz ao fato de que 'entre o matagal e o rio, averiguou-se que as cercas haviam sido retiradas, e o piso trazia evidências de que algum fardo pesado fora arrastado!' Mas teria um número qualquer de homens se submetido ao risco supérfluo de retirar uma cerca, com o propósito de arrastar por ela um cadáver que eles poderiam ter erguido sobre qualquer cerca em um instante? Teria um número qualquer de homens arrastado um cadáver dessa forma, deixando sinais evidentes de sua ação?

"E aqui precisamos nos ater a uma observação do *Le Commerciel*; uma observação sobre a qual, em certa medida, já comentei. 'Um pedaço', afirma o jornal, 'de uma das anáguas da desafortunada garota foi rasgado e amarrado sob seu queixo ao redor da nuca, provavelmente para evitar gritos. Isso foi feito por sujeitos que não tinham lenços de bolso'.

"Sugeri anteriormente que um genuíno meliante nunca está sem um lenço de bolso. Mas não é a esse fato que agora eu especialmente advirto. Que não foi por falta de um lenço de bolso para o propósito imaginado pelo *Le Commerciel* que essa bandagem foi empregada é tornado evidente pelo lenço de bolso encontrado no matagal; e que o objetivo não foi 'evitar gritos' transparece, também, pelo fato de a bandagem ter sido empregada a algo que com tão mais eficácia teria satisfeito o propósito. Mas o teor do depoimento fala da faixa em questão como 'encontrada em volta do pescoço, envolvendo-o frouxamente, e presa por um nó cego'. Essas palavras são suficientemente vagas, mas diferem concretamente daquelas do *Le Commerciel*. A tira de tecido tinha cerca de quarenta e cinco centímetros de largura e, por isso, ainda que de musselina, teria constituído uma firme atadura quando dobrada ou amarrotada longitudinalmente. E amarrotada dessa forma ela foi descoberta. Minha inferência é a seguinte. O assassino solitário, tendo carregado o cadáver por alguma distância (fosse do matagal ou de outro lugar) com o auxílio da bandagem presa no meio do corpo, percebeu que o peso, nessa forma de proceder, era demais para sua força. Ele decidiu arrastar o fardo — as evidências mostram que ele foi arrastado. Com esse objetivo em vista, tornou-se necessário atar algo como uma corda a uma das extremidades. Seria mais bem atada na região do pescoço, onde a cabeça evitaria que o laço escapasse. E, nesse momento, o assassino ponderou inquestionavelmente sobre a bandagem em torno dos quadris. Ele a teria usado, não fossem pela volta ao redor do corpo, pela alça que a emperrava e pela constatação de que não fora 'arrancada' do vestido. Era mais fácil rasgar uma nova tira da anágua. Ele assim o fez, prendeu-a rapidamente no pescoço e dessa forma arrastou sua vítima até a margem do rio. Que essa 'bandagem', somente obtida às custas de dificuldades e atraso, e satisfazendo imperfeitamente seu propósito — que essa bandagem foi utilizada demonstra que a necessidade de seu uso nasceu de circunstâncias em um período no qual o lenço de bolso não estava mais acessível — ou seja, circunstâncias surgidas, como imaginamos, depois de deixar o matagal (se matagal o era), e no caminho entre o matagal e o rio.

"Mas o depoimento, você dirá, de Madame Deluc (!) aponta especialmente para a presença de uma gangue, na vizinhança do matagal, no momento ou próximo de quando aconteceu o assassinato. Isso eu concedo. Duvido que não houvesse uma dúzia de gangues como as que Madame Deluc descreveu, no local e nas vizinhanças da Barrière du Roule, no momento ou próximo ao período dessa tragédia. Mas a gangue que atraiu para si a apontada crítica, apesar do depoimento um tanto tardio e suspeito de Madame Deluc, é a única gangue que é descrita por essa honesta e escrupulosa senhora como tendo comido seus bolos e bebido seu *brandy*, sem que se dessem o trabalho de pagá-la. *Et hinc illae irae**?

"Mas qual é o preciso depoimento de Madame Deluc? 'Uma gangue de canalhas apareceu, comportaram-se ruidosamente, comeram e beberam sem pagar, seguiram a rota do rapaz e da moça, voltaram à hospedaria por volta do entardecer e tornaram a cruzar o rio, expressando grande pressa.'

"Ora, essa 'grande pressa' muito possivelmente pareceu maior ainda aos olhos de Madame Deluc, já que ela se deteve demorada e lamentosamente nos bolos e na sua cerveja profanados — bolos e cerveja pelos quais ela talvez ainda nutrisse uma vaga esperança de compensação. Por que, de outra forma, uma vez que se tratava do entardecer, ela ressaltaria a pressa? Não é causa de admiração, certamente, que mesmo uma gangue de meliantes se apressa para chegar em casa quando um amplo rio deve ser cruzado em pequenos botes, quando uma tempestade ameaça e quando a noite se aproxima.

"Digo 'se aproxima'; pois a noite ainda não tinha chegado. Foi somente ao entardecer que a pressa indecente desses 'canalhas' ofendeu os sóbrios olhos de Madame Deluc. Mas somos informados de que foi nessa mesma tarde que Madame Deluc, bem como seu filho mais velho, 'ouviram os gritos de uma mulher na vizinhança da hospedaria'. E com que palavras Madame

* Do latim: "E de onde [surge] essa ira?".

Deluc descreve o período da tarde em que esses gritos foram ouvidos? 'Foi pouco depois de escurecer', ela diz. Mas 'logo depois de escurecer' já é, ao menos, escuro; e 'ao entardecer' ainda há certamente luz do dia. Assim, fica deveras claro que a gangue abandonou a Barrière du Roule antes dos gritos escutados (?) por Madame Deluc. E embora nos diversos relatos do depoimento as expressões relativas sejam distinta e invariavelmente empregadas assim como empreguei nessa conversa com você, nenhuma constatação da rude discrepância foi, até o momento, apontada por qualquer um dos jornais ou por qualquer um dos lacaios da polícia.

"Devo acrescentar apenas um aos argumentos contra uma gangue; mas este tem, para o meu próprio entendimento, um peso no todo irresistível. Sob as circunstâncias da grande recompensa oferecida, e do pleno perdão prometido a um cúmplice confesso, não se deve imaginar, por um momento, que algum membro de uma gangue de vis rufiões, ou de qualquer grupo de homens, não teria traído seus cúmplices há muito tempo. Cada componente de uma gangue assim apresentada estaria tão ávido pela recompensa ou ansioso para escapar quanto temeroso da traição. Ele trai ávida e apressadamente para que ele próprio não seja traído. Que o segredo não tenha sido divulgado é a melhor prova de que é, de fato, um segredo. Os horrores desse feito sombrio são conhecidos apenas por um, ou dois, seres humanos, e por Deus.

"Vamos recapitular agora nossos escassos porém seguros frutos de nossa longa análise. Alcançamos a ideia ou de um acidente fatal sob o teto de Madame Deluc, ou de um assassinato perpetrado, no matagal na Barrière du Roule, por um enamorado, ou ao menos por alguém íntima e secretamente ligado à falecida. Esse conhecido é de compleição trigueira. Essa compleição, a 'alça' na bandagem e o 'nó de marinheiro' com o qual a fita do chapéu foi amarrada apontam para um homem do mar. Sua ligação com a falecida, uma jovem alegre, mas não abjeta, colocam-no acima da classe de marinheiro comum. Aqui as missivas bem escritas e urgentes enviadas para os jornais servem como corroboração. As circunstâncias da primeira fuga, como mencionadas pelo *Le Mercurie*, tendem a misturar a ideia desse homem do mar com a de um 'oficial de marinha' que é reconhecido como tendo corrompido a desafortunada.

"E aqui, muito adequadamente, surge a consideração sobre a recorrente ausência daquele homem de tez escura. Permita-me fazer uma pausa para observar que a compleição desse homem é escura e trigueira; não foi uma cor amorenada comum que constituiu o único ponto a ser lembrado tanto por Valence como por Madame Deluc. Mas por que esse homem está ausente? Foi assassinado pela gangue? Se sim, por que só há traços da moça assassinada? A cena dos dois ultrajes seria naturalmente suposta como a mesma. E onde está seu cadáver? Os assassinos teriam muito provavelmente se livrado de ambos da mesma forma. Mas pode-se dizer que esse homem está vivo e se esquiva de se fazer conhecer pelo pavor de ser acusado do assassinato. Pode se supor que essa consideração ocupe seus pensamentos — nesse momento tardio — uma vez que foi declarado no inquérito que ele foi visto com Marie — mas tal argumento não teria tido força na época do ato. O primeiro impulso de um homem inocente teria sido denunciar a barbárie e auxiliar a identificar os rufiões. Essa conduta seria a recomendável. Ele fora visto com a moça. Ele cruzou o rio com ela em uma balsa aberta. A denúncia dos assassinos teria parecido, mesmo para um idiota, a mais segura e a única forma de distanciar-se de suspeitas. Não podemos supô-lo, na noite do domingo fatal, ao mesmo tempo inocente e ignorante de uma barbárie cometida. Contudo, somente sob tais circunstâncias é possível imaginar que ele, se vivo, teria deixado de denunciar os assassinos.

"E de quais meios dispomos nós para alcançar a verdade? Encontraremos esses meios multiplicando-se e tornando-se mais distintos conforme prosseguimos. Apuremos a fundo esse caso da primeira fuga. Conheçamos toda a história desse 'oficial', com suas presentes circunstâncias e seu paradeiro no momento exato do assassinato. Comparemos cuidadosamente entre si as várias cartas enviadas ao jornal vespertino, cujo objetivo era incriminar uma gangue. Tendo feito isso, comparemos essas cartas, tanto no que toca ao estilo como à caligrafia, com aquelas enviadas ao jornal matutino, em um período antecedente, e que insistem tão veementemente na culpa de Mennais. E, tendo feito tudo isso, comparemos novamente todas essas várias cartas com a conhecida caligrafia do oficial. Empenhemo-nos em determinar, por meio dos repetidos questionamentos a Madame Deluc e seus filhos, bem como do cocheiro do ônibus, Valence, algo além da aparência pessoal e da conduta do 'homem de tez escura'. Consultas, se habilmente orientadas, não falharão em extrair, de alguma dessas partes, informação acerca desse ponto particular (ou de outros) — informação de cuja posse as próprias partes podem nem ter conhecimento. E rastreemos agora o bote recolhido pelo balseiro na manhã de 23 de junho, e que foi removido da administração das balsas sem o conhecimento do funcionário plantonista, e sem o leme, no mesmo período antecedente à descoberta do cadáver. Com o cuidado e a perseverança apropriados vamos infalivelmente rastrear esse barco; pois não só o balseiro que o recolheu pode identificá-lo, como também temos o leme à mão. O leme de um barco à vela não teria sido abandonado, sem investigação, por uma alma serena. E aqui permita-me uma pausa para insinuar uma questão. Não houve aviso de que o barco fora recolhido. Ele foi silenciosamente levado para a administração das balsas, e da mesma forma silenciosa foi removido de lá. Mas seu proprietário ou usuário

— como pode ter acontecido que ele, tão cedo como na manhã de terça, fosse informado, sem o auxílio de um aviso, da localidade do barco levado na segunda, a menos que imaginemos alguma conexão com a marinha — alguma relação pessoal permanente que conduza ao conhecimento de seus minuciosos assuntos — de suas insignificantes notícias locais?

"Ao falar do solitário assassino arrastando seu fardo para a margem, eu já sugeri a probabilidade de que ele se serviu de um barco. Agora cabe-nos entender que Marie Rogêt foi precipitada de um barco. Este naturalmente teria sido o caso. O cadáver não poderia ter sido confiado às águas rasas do rio. As marcas peculiares nas costas e nos ombros da vítima revelam o cavername do fundo de um barco. Que o corpo foi encontrado sem um peso também corrobora essa ideia. Se lançado da margem, um peso teria sido atado a ele. Só podemos aceitar sua ausência supondo que o assassino tenha negligenciado a precaução de suprir-se com ele antes de se afastar da margem. No ato de consignar o cadáver à água, ele teria inquestionavelmente notado seu descuido; mas então nenhum recurso estaria à mão. Qualquer risco teria sido preferível ao retorno para aquela margem amaldiçoada. Após livrar-se de sua medonha carga, o assassino teria voltado apressadamente para a cidade. Lá, em algum cais obscuro, ele teria saltado à terra firme. Mas o barco — teria ele o amarrado? Ele estaria apressado demais para coisas tais como amarrar um barco. Além disso, ao prendê-lo no cais, ele teria imaginado que forneceria evidências contra si mesmo. Seu pensamento natural terá sido o de afastar de si, tão longe quanto possível, tudo o que mantinha uma conexão com o seu crime. Ele não só teria fugido do cais, mas não teria permitido que o barco permanecesse lá. Certamente o teria lançado à deriva. Continuemos imaginando. "Pela manhã, o desgraçado é tomado pelo horror inexprimível ao descobrir que o barco fora recolhido e está mantido em um local que ele frequenta habitualmente todos os dias — um local, talvez, que seus deveres o obriguem a frequentar. Na noite seguinte, sem ousar perguntar pelo leme, ele o remove. Agora, onde está esse barco sem leme? Que seja um dos nossos primeiros propósitos descobrir. Com o primeiro vislumbre que obtivermos, a aurora de nosso êxito terá início. Esse barco há de nos guiar, com uma rapidez que vai surpreender mesmo a nós, até aquele que o usou na meia-noite do domingo fatal. Corroboração após corroboração vai surgir, e o assassino será rastreado."

[Por razões que não especificaremos, mas que para muitos leitores parecerão óbvias, tomamos a liberdade de omitir aqui, do manuscrito que temos em mãos, algumas partes que detalham o levantamento da pista aparentemente irrelevante obtida por Dupin. Cremos recomendável apenas afirmar, em suma, que o resultado esperado foi logrado; e que a chefatura de polícia cumpriu pontualmente, ainda que com relutância, os termos de seu acordo com o cavalheiro. O artigo do sr. Poe conclui-se com as seguintes palavras. *Eds*[*]].

Entender-se-á que falo de coincidências e nada mais. O que já afirmei acima sobre esse tópico deve bastar. Em meu próprio coração não reside fé alguma no sobrenatural. A natureza e seu Deus são dois, nenhum homem que pensa o negará. Que o último, tendo criado a primeira, pode, quando quiser, controlá-la ou modificá-la, é também inquestionável. Repito, "quando quiser"; pois a questão se refere a vontade, e não, como a insanidade da lógica assumiu, a poder. Não se trata de que a Divindade não possa modificar suas leis, mas de que nós o insultamos ao imaginar a possível necessidade de uma mudança. Em sua origem, essas leis foram criadas para abranger todas as contingências que poderiam residir no Futuro. Com Deus, tudo é Agora.

Repito, assim, que falo dessas coisas somente como coincidências. E mais: no que relato, será observado que entre o destino da infeliz Mary Cecilia Rogers, na medida em que esse destino é conhecido, e aquele de uma certa Marie Rogêt, até certa época de sua história, existiu um paralelo cuja surpreendente exatidão, ao ser contemplada, torna a razão desconcertada. Repito que tudo isso se observará. Mas que não se suponha, sequer

* Da revista em que o artigo foi originalmente publicado. (N. do A.)

por um momento, que, procedendo à triste narrativa de Marie a partir da época mencionada, e rastreando até o desfecho o mistério que a encobriu, seja meu intuito oculto insinuar uma extensão do paralelo, ou mesmo sugerir que as medidas adotadas em Paris para a descoberta do assassino de uma *grisette*, ou medidas baseadas em qualquer raciocínio similar, produziriam algum resultado similar.

Pois, em respeito ao último ramo da suposição, deve-se considerar que a mais ínfima variação nos fatos dos dois casos pode dar origem aos mais significativos erros de cálculo, ao desviar totalmente os dois cursos de eventos; da mesma forma como, em aritmética, um erro que, em sua própria individualidade, pode ser inapreciável produz, ao fim, pela força da multiplicação em todos os pontos do processo, um resultado enormemente distante da verdade. E, com relação ao primeiro ramo da suposição, não devemos perder de vista que o próprio Cálculo de Probabilidades ao qual me referi proíbe toda ideia de extensão do paralelo: — proíbe-o com uma força positiva e decidida na mesma proporção com que esse paralelo já foi prolongado e tornado exato. Essa é uma daquelas proposições anômalas que, aparentemente apelando a um pensamento no todo afastado do matemático, é no entanto uma que somente o matemático pode apreciar plenamente. Nada, por exemplo, é mais difícil de que convencer o leitor meramente comum de que o fato de que o seis tenha sido duas vezes obtido em sucessão por um jogador de dados é causa suficiente para apostar com a maior das probabilidades que o seis não será logrado na terceira tentativa. Uma sugestão a isso é usualmente rejeitada de imediato pelo intelecto. Não parece que os dois lances realizados, e que agora residem absolutamente no Passado, possam ter influência no lance que existe apenas no Futuro. A chance de se lançar o seis parece ser precisamente a mesma em qualquer momento ordinário — ou seja, sujeita somente à influência dos vários outros lances que podem ser realizados com o dado. E essa é uma reflexão que parece tão excessivamente óbvia que tentativas de contradizê-la são recebidas mais frequentemente com um sorriso sarcástico do que com algo como atenção respeitosa. O equívoco nisso envolvido — um equívoco vil que sugere uma ofensa — não pretendo expor dentro dos limites a mim designados no momento; e para o intelecto filosófico, não necessita ser exposto. Deverá ser suficiente aqui dizer que ele constitui um de uma infinita série de enganos que surgem no caminho da Razão pela sua propensão a buscar a verdade nos detalhes.

*Nil sapientiae odiosius acumine nimio**

Seneca

* Do original, em latim: "Nada é tão prejudicial à sabedoria como a excessiva sagacidade".

A CARTA FURTADA

Em Paris, logo depois do escurecer de uma tormentosa noite do outono de 18—, estava eu fruindo do duplo prazer da meditação e de um cachimbo de *meerschaum* na companhia de meu amigo C. Auguste Dupin, na sua pequena biblioteca dos fundos, ou "*closet* de livros", no *troisième*, n. 33, Rue Dunôt, Fauburg St. Germain. Por ao menos uma hora, preservamos um profundo silêncio, enquanto cada um de nós, para qualquer observador casual, poderia ter parecido atenta e exclusivamente ocupado com os redemoinhos encaracolados de fumaça que oprimiam a atmosfera do cômodo. Quanto a mim, no entanto, estava mentalmente debatendo certos assuntos que foram objeto de conversação entre nós em um momento anterior dessa mesma noite; refiro-me ao caso da Rue Morgue, e ao mistério envolvendo o assassinato de Marie Rogêt.

Interpretei, portanto, como uma espécie de coincidência o momento em que a porta de nosso apartamento foi abruptamente aberta e deu passagem ao nosso velho conhecido, Monsieur G., o chefe da polícia parisiense.

Nós o recebemos com cordialidade; pois havia quase a metade de divertimento do que era desprezível no homem, e não o víamos por vários anos. Estávamos sentados no escuro, e Dupin se levantou com o propósito de acender uma lamparina, mas sentou-se novamente, sem o fazer, quando G. disse que tinha vindo para nos consultar, ou ainda para perguntar a opinião de meu amigo sobre algum assunto oficial que causara uma grande quantidade de problemas.

"Se o caso está de alguma forma exigindo reflexão", observou Dupin, enquanto desistia de acender o pavio, "vamos examiná-lo melhor no escuro."

"Este é mais um de seus conceitos esquisitos", disse o chefe de polícia, que tinha o costume de chamar de "esquisito" tudo o que estava além de sua compreensão, e que assim vivia em meio a uma verdadeira legião de "esquisitices".

"A mais pura verdade", disse Dupin, enquanto oferecia ao visitante um cachimbo, e empurrava uma confortável poltrona em sua direção.

"E qual é a dificuldade agora?", perguntei eu. "Nada no terreno dos assassinatos, espero?"

"Oh, não; nada dessa natureza. O fato é que o caso é muito simples, e não tenho dúvida de que nós mesmos podemos cuidar dele suficientemente bem; mas aí pensei que Dupin gostaria de ouvir os detalhes, porque o caso é tão excessivamente estranho."

"Simples e estranho", disse Dupin.

"Ora, sim; e não exatamente isso, tampouco. O fato é que todos ficamos um tanto confusos, porque o caso é tão simples, e, contudo, nos desconcerta por completo."

"Talvez seja a própria simplicidade da coisa que leva vocês ao erro", afirmou meu amigo.

"Mas quantas bobagens você fala!", respondeu o chefe de polícia, rindo cordialmente.

"Talvez o mistério seja um tanto singelo demais", disse Dupin.

"Oh, céus! Quem jamais ouviu ideia assim?"

"Um tanto evidente demais."

"Ha! Ha! Ha-ha! Ha! Ha! — Ho! Ho! Ho!", rugiu nosso visitante, profundamente divertido. "Oh, Dupin, você ainda vai me matar!"

"E qual é, afinal, o assunto em questão?", perguntei eu.

"Ora, vou contar a vocês", replicou o chefe de polícia enquanto dava uma longa, firme e contemplativa baforada e se acomodava em sua poltrona. "Contarei tudo com poucas palavras; mas, antes de começar, permitam-me preveni-los de que se trata de um caso que exige o mais estrito sigilo, e que eu muito provavelmente perderia o cargo em que estou, caso seja conhecido que o confiei a qualquer pessoa."

"Prossiga", disse eu.

"Ou não", disse Dupin.

"Muito bem; recebi informações pessoais, de uma pessoa altamente posicionada, de que um certo documento de máxima importância foi furtado dos aposentos reais. O indivíduo que o furtou é conhecido; isso, sem sombra de dúvida; ele foi visto pegando-o. É sabido, também, que o documento permanece em sua posse."

"Como sabem disso?", perguntou Dupin.

"Infere-se claramente", respondeu o chefe de polícia, "da natureza do documento, e do não surgimento de alguns resultados que imediatamente apareceriam caso o documento saísse da posse do ladrão: ou seja, de seu emprego como ele deve planejar fazer, no final."

"Seja um pouco mais explícito", eu disse.

"Bem, posso arriscar um pouco mais dizendo que o papel dá, a quem o possui, um certo poder em um certo círculo em que esse poder é imensamente valioso." O chefe de polícia apreciava o jargão da diplomacia.

"Ainda não entendo", disse Dupin.

"Não? Bem; a divulgação do documento para uma terceira pessoa, que deve permanecer não identificada, colocaria em questão a honra de uma personagem da mais exaltada posição; e esse fato confere, ao detentor do documento, uma ascendência sobre a ilustre personagem, cujas honra e paz ficam deste modo ameaçadas."

"Mas essa ascendência", interferi, "dependeria do conhecimento do ladrão de que a pessoa furtada soubesse a identidade desse ladrão. Quem ousaria..."

"O ladrão", disse G., "é o Ministro D., que é capaz de todas as coisas, tanto as apropriadas quanto as inapropriadas para um homem. O método do furto não foi menos engenhoso do que ousado. O documento em questão — uma carta, para ser franco — fora recebido pela personagem furtada enquanto ela estava sozinha no *boudoir** real. Enquanto a lia, ela foi subitamente interrompida pela entrada de outra personagem renomada, da qual especialmente ela desejava ocultar a carta. Depois do esforço apressado e vão de lançá-la em uma gaveta, ela foi forçada a colocá-la, aberta como estava, em uma mesa. O endereço, contudo, estava na parte de cima, e, o conteúdo estando assim oculto, a carta não chamou atenção. Neste momento, entrou o Ministro D. Seus olhos de lince imediatamente percebem o papel, reconhecem a caligrafia do remetente, observam a confusão da personagem destinatária e penetram seu segredo. Depois de algumas transações de negócios apressadamente realizadas, como é sua maneira habitual, ele tira do bolso uma carta um tanto parecida com aquela em questão, abre-a, finge lê-la e então a coloca em justaposição à outra. Mais uma vez ele conversa, por cerca de quinze minutos, sobre os assuntos públicos. Enfim, ao partir, ele retira da mesa a carta sobre a qual não tinha direitos. A proprietária legítima da carta viu isso, mas, claro, não ousou chamar atenção ao fato na

* Do francês, no original: sala íntima para a *toilette* feminina.

presença da terceira personagem que estava ao seu lado. O ministro escapou; deixando sua própria carta — uma que não tinha importância — na mesa."

"Aqui, então", disse-me Dupin, "você tem precisamente o necessário para tornar a ascendência completa — o conhecimento do ladrão de que a pessoa furtada conhece a identidade do ladrão."

"Sim", respondeu o chefe de polícia; "e o poder assim obtido tem sido manejado, já por alguns meses, com propósitos políticos, tendo chegado a uma extensão bastante perigosa. A personagem furtada está completamente convencida, todos os dias, da necessidade de reaver sua carta. Mas isso, claro, não pode ser feito abertamente. Enfim, conduzida ao desespero, ela submeteu o caso a mim".

"E qual", disse Dupin em meio a um perfeito redemoinho de fumaça, "agente mais sagaz poderia, suponho, ser desejado, ou sequer imaginado?"

"Você me lisonjeia", respondeu o chefe de polícia; "mas, sim, é possível que uma opinião assim tenha sido formada."

"Está claro", disse eu, "como o senhor observou, que a carta ainda se encontra na posse do ministro; já que é essa posse, e não qualquer emprego da carta, que lhe outorga o poder. Com o uso, o poder se vai."

"É verdade", disse G.; "e com essa convicção eu prossegui. Meu primeiro passo foi realizar uma busca completa na mansão do ministro; e aqui a minha principal complicação reside na necessidade de procurar sem o seu conhecimento. Acima de tudo, fui avisado sobre o perigo que resultaria de dar, a ele, razão para suspeitar de nosso intuito."

"Mas", disse eu, "você está totalmente *au fait** com essas investigações. A polícia parisiense já fez isso muitas vezes."

"Oh, sim; e por essa razão eu não me desesperei. Os hábitos do ministro me deram, também, uma grande vantagem. Ele está frequentemente ausente de casa durante toda a noite. Seus criados não são de modo algum numerosos. Eles dormem distantes dos aposentos de seu senhor, e, sendo na maior parte napolitanos, ficam rapidamente bêbados. Tenho chaves, como vocês sabem, com as quais posso abrir qualquer quarto ou gabinete em Paris. Por três meses, não se passou uma noite em cuja maior parte eu não tenha me envolvido, pessoalmente, em revistar a mansão D. Minha honra está interessada nisso, e, para mencionar um grande segredo, a recompensa é enorme. Então não abandonei a busca até que estivesse totalmente convencido de que o ladrão é um homem mais astuto do que eu. Imagino que tenha investigado cada escaninho e cada recanto do local nos quais é possível que o papel esteja escondido."

"Mas não será possível", sugeri, "que, apesar de a carta estar na posse do ministro, como inquestionavel-

* Do francês, no original: familiarizado.

mente está, ele a tenha escondido em outro lugar que não sua própria mansão?"

"Isso é pouco possível", afirmou Dupin. "As peculiares condições atuais na corte, e especialmente as intrigas em que se sabe que D. está envolvido, tornariam a disponibilidade imediata do documento — sua suscetibilidade de ser apresentado em um instante — um ponto praticamente tão importante quanto sua posse."

"Sua suscetibilidade de ser apresentado?", disse eu.

"Ou seja, de ser destruído", disse Dupin.

"É verdade", observei; "então, claramente o papel está no local. Quanto a estar *com* o ministro, podemos considerar essa hipótese como fora de questão."

"Totalmente", afirmou o chefe de polícia. "Ele foi abordado de surpresa duas vezes, como se por salteadores, e sua pessoa foi rigorosamente revistada sob minha própria inspeção."

"Você poderia ter se poupado desse problema", disse Dupin. "D., presumo eu, não é em absoluto um tolo, e deve ter se antecipado a essas abordagens, é claro."

"Não é em absoluto um tolo", disse G., "mas ocorre que ele é um poeta, o que eu entendo como estar somente a um passo de um tolo."

"Verdade", afirmou Dupin, depois de uma longa e pensativa baforada de seu *meerschaum*, "apesar de eu mesmo ser culpado de certos versos."

"Suponhamos que você detalhe", falei eu, "os métodos da sua investigação."

"Ora, o fato é que não tivemos pressa e procuramos por toda parte. Tenho longa experiência nesses casos. Passei por todo o edifício, cômodo por cômodo; dedicando as noites de toda uma semana para cada um. Examinamos, primeiramente, a mobília de cada aposento. Abrimos todas as gavetas possíveis; e presumo que vocês saibam que, para um agente de polícia apropriadamente treinado, algo como uma gaveta secreta é inconcebível. Qualquer homem que permita que uma gaveta 'secreta' lhe escape em uma busca desse tipo é um estúpido. A coisa é tão simples. Há uma certa quantidade de massa — de espaço — a ser considerada em cada gabinete. Então, temos regras precisas. A quinquagésima parte de uma linha não poderia nos escapar. Depois dos gabinetes, investigamos as cadeiras. As almofadas nós sondamos com agulhas longas e finíssimas que vocês já me viram usar. Das mesas, removemos os tampos."

"Por quê?"

"Às vezes o tampo de uma mesa, ou de outra peça de mobília arranjada de forma similar, é removido pela pessoa que deseja esconder um objeto; então a perna da mesa é escavada, o objeto é depositado dentro da cavidade, e o tampo é recolocado. Os pés e as cabeceiras das colunas de camas de dossel são empregados da mesma forma."

"Mas a cavidade não poderia ser detectada por meio de ressonância?", perguntei.

"De modo algum se, ao depositar-se o objeto, um chumaço suficiente de algodão for colocado ao seu redor. Além disso, no nosso caso, fomos obrigados a proceder sem ruídos."

"Mas vocês não podiam remover — vocês não podiam desmontar *todas* as peças de mobília em que seria possível colocar o objeto da maneira que você menciona. Uma carta pode ser comprimida em um fino rolo espiralado, não diferindo muito, na forma ou na massa, de uma grande agulha de tricô, e nesta forma ela pode ser inserida no suporte de uma cadeira, por exemplo. Vocês desmontaram todas as cadeiras?"

"Certamente não; mas nós fizemos melhor — examinamos os suportes de todas as cadeiras da mansão, bem como as articulações de cada peça de mobília, com a ajuda do mais poderoso microscópio. Caso houvesse traços de uma alteração recente, nós não falharíamos em detectá-los instantaneamente. Um simples grão de pó de serragem, por exemplo, teria sido tão evidente como uma maçã. Qualquer desordem na colagem — qualquer espaço irregular nas juntas — teria bastado para garantir a detecção."

"Presumo que vocês examinaram os espelhos, também entre as chapas de vidro e as molduras, e que sondaram as roupas de cama, assim como as cortinas e os tapetes."

"É claro; e quando tínhamos repassado absolutamente cada partícula da mobília dessa forma, então examinamos a casa em si. Nós dividimos toda a sua superfície em compartimentos, que numeramos, para que nenhum fosse ignorado; então investigamos cada centímetro quadrado do local, incluindo as duas casas imediatamente adjacentes, usando o microscópio, como antes."

"As duas casas adjacentes!", exclamei; "vocês devem ter tido um trabalho imenso."

"Tivemos; mas a recompensa oferecida é prodigiosa!"

"Vocês incluíram os terrenos ao redor das casas?"

"Todos os terrenos estão pavimentados com tijolos. Comparativamente, eles nos deram pouco trabalho. Nós examinamos o musgo entre os tijolos, e o encontramos intocado."

"Vocês olharam os papéis de D., naturalmente, e os livros na biblioteca?"

"Certamente; abrimos cada pacote e cada encomenda; não só abrimos cada livro, mas folheamos cada página de cada volume, sem nos contentarmos com uma mera sacudida, como é a prática de alguns de nossos oficiais de polícia. Também medimos a espessura de todas as capas dos livros, com a aferição mais acurada, e aplicamos a cada uma o exame mais cuidadoso do microscópio. Se algum encadernamento tivesse sido alterado recentemente, seria no todo impossível que o fato escapasse à nossa observação. Nós sondamos cuidadosamente a longitude de cerca de cinco ou seis volumes, que tinham acabado de chegar do encadernador, com as agulhas."

"Vocês exploraram os assoalhos abaixo dos tapetes?"

"Sem sombra de dúvida. Removemos todos os tapetes e examinamos as tábuas com o microscópio."

"E o papel de parede?"

"Sim."

"Vocês olharam os porões?"

"Olhamos."

"Então", disse eu, "vocês cometeram um erro de cálculo, e a carta não está no local, como supuseram."

"É bem isso que temo", disse o chefe de polícia. "E agora, Dupin, o que você me aconselharia a fazer?"

"Reexaminar minuciosamente o local."

"Isso é em absoluto inútil", respondeu G., "tão certo quanto respiro é que a carta não está na mansão."

"Não tenho conselho melhor a lhe dar", disse Dupin. "Você tem, naturalmente, uma descrição precisa da carta?"

"Oh, sim!" — E aqui o chefe de polícia, retirando do bolso um livro-memorando, procedeu a ler em voz alta o minucioso relato da aparência interna, e especialmente externa, do documento desaparecido. Logo depois de terminar a leitura dessa descrição, ele partiu, em um estado de depressão ainda maior do que eu jamais vira tal cavalheiro demonstrar antes. Cerca de um mês depois ele nos fez outra visita, e nos encontrou ocupados de maneira muito semelhante à anterior. Ele pegou um cachimbo e uma poltrona e iniciou alguma conversa ordinária. Finalmente, falei:

"Bem, então, G., no que deu a carta furtada? Presumo que você enfim tenha se convencido de que não é possível superar o Ministro?"

"Que ele vá para o inferno, digo eu — sim; realizei uma nova investigação, conforme Dupin sugeriu — mas foi trabalho perdido, como eu sabia que seria."

"De quanto era a recompensa oferecida que você mencionou?", perguntou Dupin.

"Ora, uma quantia muito grande — uma recompensa muito pródiga — não gosto de dizer quanto, precisamente; mas uma coisa posso afirmar, que não me importaria em dar um cheque particular meu de cinquenta mil francos a qualquer um que conseguisse aquela carta para mim. O fato é que isso está ganhando mais e mais importância a cada dia; e a recompensa foi recentemente dobrada. No entanto, mesmo que fosse triplicada, eu não poderia fazer mais do que já fiz."

"Ora, sim", disse Dupin, atentamente, entre as baforadas de seu *meerschaum*, "Eu realmente — pense, G., você não se empenhou — ao máximo nesse assunto. Você poderia — fazer um pouco mais, creio, hein?"

"Como? — De que forma?"

"Ora — *puff, puff* — você poderia — *puff, puff* — aconselhar-se a respeito da questão, hein? — *puff, puff, puff*. Você se lembra da história que contam sobre Abernethy?"

"Não; que Abernethy seja enforcado!"

"Certamente! Será muito bem feito. Mas era uma vez um certo avarento rico que concebeu o desejo de obter uma opinião médica gratuita desse Abernethy. Conduzindo para esse propósito uma conversa ordinária na companhia de amigos, ele insinuou seu caso para o médico como se fosse o de um indivíduo imaginário. 'Vamos supor', disse o avarento, 'que seus sintomas sejam tais e tais; agora, doutor, qual orientação você teria dado a ele?' 'Orientação!' disse Abernethy, 'ora, que ele se aconselhe, com certeza.'"

"Mas", disse o chefe de polícia, algo desconcertado, "estou perfeitamente disposto a me aconselhar, e a pagar por isso. Realmente daria cinquenta mil francos a qualquer um que me ajudasse na questão."

"Neste caso", devolveu Dupin, abrindo uma gaveta e retirando dela um talão de cheques, "o senhor pode muito bem preencher um cheque em meu nome no valor mencionado. Depois que o senhor assinar, vou lhe dar a carta."

Eu estava espantado. O chefe de polícia pareceu ter sido atingido por um trovão. Por alguns minutos, ele permaneceu mudo e imóvel, olhando incredulamente e boquiaberto para meu amigo, e com olhos que pareciam saltar das órbitas; então, tendo aparentemente se recuperado em certa medida, ele pegou uma caneta e, depois de inúmeras pausas e olhares vagos, finalmente preencheu e assinou um cheque de cinquenta mil francos e passou-o sobre a mesa para Dupin. Este o examinou cuidadosamente e o depositou em seu livro de bolso; então, destrancando uma *escritoire**, tirou dela a

* Do francês, no original: escrivaninha.

carta e a deu ao chefe de polícia. O oficial agarrou-a na perfeita agonia da alegria, abriu-a com uma mão trêmula, olhou de relance o conteúdo, e então, correndo e tropeçando até a porta, enfim apressou-se sem cerimônia para fora da sala e da casa, sem ter proferido uma sílaba sequer desde que Dupin lhe pediu para preencher o cheque.

Após ele ter partido, meu amigo procedeu a algumas explicações.

"A polícia parisiense", ele disse, "é extremamente hábil a seu modo. Eles são perseverantes, engenhosos, astutos e completamente versados no conhecimento que seus deveres parecem exigir, no geral. Assim, quando G. detalhou para nós seu método de revistar os aposentos da mansão D., tive total confiança de que ele realizou uma investigação satisfatória — dentro dos limites até os quais se estenderam seus trabalhos."

"Dentro dos limites?", disse eu.

"Sim", disse Dupin. "As medidas adotadas foram não apenas as melhores disponíveis, mas conduzidas com absoluta perfeição. Se a carta tivesse sido colocada dentro do alcance de sua busca, esses camaradas a teriam encontrado, sem sombra de dúvida."

Eu somente ri — mas ele parecia muito sério em tudo o que dizia.

"As medidas, então", continuou, "foram boas à sua maneira, e bem-executadas: seu defeito reside no fato de que não eram aplicáveis ao caso, nem ao homem em questão. Um certo conjunto de recursos altamente engenhosos são, para o chefe de polícia, uma espécie de cama de Procusto*, à qual ele forçadamente adapta suas intenções. Mas ele erra perpetuamente por ser profundo demais ou raso demais, para o caso em questão; e muitos garotos de escola são capazes de raciocinar melhor do que ele. Conheci um de oito anos cujo sucesso no jogo de 'par ou ímpar' atraiu admiração universal. Esse jogo é simples, e é jogado com bolinhas de gude. Um jogador segura em sua mão um número desses objetos e pergunta ao outro se tal número é par ou ímpar. Se a adivinha estiver certa, o jogador ganha uma bolinha; se estiver errada, perde uma. O menino que menciono ganhou todas as bolinhas da escola. Claro que ele tinha algum princípio de adivinhação; e isso estava na mera observação e na avaliação da astúcia de seus oponentes. Por exemplo, um rematado simplório é seu oponente e, erguendo sua mão fechada, ele pergunta, 'é par ou ímpar?' Nosso menino responde 'ímpar', e perde; mas na segunda tentativa, ele vence, porque diz a si mesmo: 'esse bobo

* Procusto foi um lendário ladrão grego conhecido pelo hábito de capturar os viajantes que passassem por Corydallos, prendê-los a um leito de ferro e cortar-lhes parte das pernas ou esticá-los com correias até que ficassem exatamente do comprimento da cama. O termo "cama de Procusto" se aplica, no geral, a significativas alterações sofridas por uma obra artística ou literária.

tinha um número par na primeira tentativa, e sua destreza só é suficiente para que tenha um número ímpar na segunda; vou, então, dizer ímpar'; — ele diz ímpar, e ganha. Ora, com um simplório que esteja um nível acima do primeiro, ele teria raciocinado da seguinte forma: 'este camarada sabe que na primeira vez eu disse ímpar, e, na segunda, ele vai propor a si mesmo, no primeiro impulso, uma simples variação de par para ímpar, como fez o primeiro bobalhão; mas então um segundo pensamento vai sugerir que essa é uma variação simples demais, e finalmente ele vai decidir por colocar ímpar, como antes. Então, vou dizer ímpar'; — ele diz ímpar, e ganha. Ora, esse modo de raciocinar do menino de escola, a quem seus colegas chamavam de 'sortudo', — qual, em última análise, é?"

"É meramente", afirmei eu, "uma identificação de seu intelecto com aquele de seu oponente."

"É isso", disse Dupin, "e, quando perguntei ao menino que meios ele empregava para obter a tão completa identificação em que se baseava seu sucesso, recebi a seguinte resposta: 'quando desejo descobrir quão inteligente, ou quão estúpido, ou quão bom, ou quão maldoso é alguém, ou quais são seus pensamentos em dado momento, eu mudo a expressão de meu rosto, tão precisamente quanto possível, de acordo com a expressão que percebo no dele, e então espero para ver quais pensamentos ou sentimentos surgem em minha mente ou em meu coração, como se para corresponder à mesma expressão'. Essa resposta do menino da escola reside na profundidade espúria que foi atribuída a Rochefoucault, a La Bougive, a Machiavelli e a Campanella*.

"E a identificação", disse eu, "do intelecto de quem raciocina com aquele de seu oponente depende, se lhe entendo corretamente, da acurácia com que o intelecto do oponente é avaliado."

"Para seu valor prático, depende disso", respondeu Dupin; "e o chefe da polícia e seu grupo falham assim frequentemente, em primeiro lugar, pela ausência dessa identificação, e, em segundo, pela má avaliação, ou ainda por não avaliarem o intelecto com o qual se envolvem. Eles consideram somente suas próprias ideias de engenhosidade; e, ao procurarem por algo escondido, enfocam apenas modos pelos quais eles próprios o teriam escondido. Eles têm razão até certo ponto — que sua própria engenhosidade seja uma representação fidedigna daquela das massas; mas quando a astúcia do criminoso é de caráter diferente da sua própria, então o criminoso os despista, é claro. Isto sempre acontece quando a esperteza é superior, e muito usualmente quando é inferior. Eles não têm variações no princípio de suas investigações; no máximo, quando solicitados

* Duque de La Rochefoucault (1613-1680), escritor e moralista francês; Pierre de La Bougive ou La Bougie (1698-1758), escritor e matemático francês; Niccolò Machiavelli (1469-1527), filósofo e político italiano; Tommaso Campanella (1568-1639), teólogo e reformador italiano.

por alguma emergência incomum — por alguma recompensa extraordinária —, eles estendem ou exageram seus velhos métodos de prática, sem ao menos tocar nos seus princípios. O que, por exemplo, neste caso de D., foi feito para variar o princípio de ação? O que são todas essas perfurações, e sondagens, e exames e escrutínios com o microscópio, e essa divisão da superfície do edifício em centímetros quadrados registrados — o que é tudo isso senão um exagero da aplicação de um princípio ou de um conjunto de princípios de investigação, que se baseiam em uma única série de noções relacionadas à engenhosidade humana, à qual o chefe de polícia, na longa rotina de seu trabalho, acostumou-se? Você não vê que ele deu por certo que todos os homens que precisam ocultar uma carta o fazem — não exatamente em um buraco de serragem feito na perna de uma cadeira —, mas, pelo menos, em algum recanto fora do caminho, sugerido pela mesma linha de raciocínio que levaria um homem a esconder uma carta em um buraco de serragem feito na perna de uma cadeira? E você não vê também que tais escaninhos *recherchés** para ocultamento são adaptados somente para ocasiões ordinárias, e seriam adotados somente por intelectos ordinários; pois, em todos os casos de ocultamento, a revelação do artigo oculto — a sua revelação nessa maneira *recherché* — é, em primeiríssimo

* Do francês, no original: buscados, solicitados.

lugar, presumível e presumida; e assim sua descoberta depende não tanto da perspicácia, mas antes de mero cuidado, paciência e determinação dos investigadores; e quando o caso tem importância — ou, o que equivale à mesma coisa para os olhos da polícia, quando a recompensa é de grande magnitude —, as qualidades em questão nunca falharam. Você agora vai entender o que eu quis dizer ao sugerir que, se a carta furtada tivesse sido escondida em qualquer lugar dentro dos limites de investigação do chefe de polícia — em outras palavras, se o princípio de seu ocultamento fosse alcançado pelos princípios do chefe de polícia —, não haveria dúvida alguma sobre sua descoberta. Esse funcionário, contudo, foi completamente enganado; e a fonte remota de sua derrota reside na suposição de que o Ministro seja um tolo, porque ele obteve fama como poeta. Todos os tolos são poetas; assim pensa o chefe de polícia; e ele é meramente culpado de um *non distributio medii** em assim inferir que todos os poetas são tolos."

"Mas este é realmente o poeta?", perguntei. "São dois irmãos, sei disso; e ambos obtiveram reputação nas letras. O Ministro, creio, escreveu ensaios eruditos sobre o Cálculo Diferencial. Ele é matemático, não poeta."

* Do latim, no original: *Non distributio medii* – tomar a causa pela consequência, não medir as coisas.

"Você está enganado; conheço-o bem; ele é ambos. Como poeta e matemático, raciocinaria bem; como mero matemático, não poderia ter raciocinado, e assim estaria à mercê do chefe de polícia."

"Você me surpreende", eu disse, "com essas opiniões, que contrariam a maioria das pessoas. Você não pretende questionar uma ideia já bem estabelecida há séculos. A razão matemática há muito tempo vem sendo considerada a razão por excelência."

"'*Il y a à parier*', respondeu Dupin, citando Chamfort, "'*que toute idée publique, toute convention reçue est une sottise, car elle a convenue au plus grand nombre*[*]'. Os matemáticos, eu lhe garanto, fizeram o melhor que podiam para promulgar o equívoco popular ao qual você alude, e que no entanto não é um erro menor por sua promulgação como expressão da verdade. Com um artifício que merece causa melhor, por exemplo, eles insinuaram o termo 'análise' na aplicação da álgebra. Os franceses são os originadores desse engano em particular; mas se um termo tem qualquer importância — se palavras retiram qualquer valor de sua aplicabilidade —, então 'análise' convém a 'álgebra' da mesma forma que, em latim, '*ambitus*' implica '*ambição*', '*religio*', 'religião', ou '*homines honesti*', um conjunto de homens honrados[†].

* Do francês, no original: "Pode-se apostar que toda ideia pública, toda convenção recebida, seja uma estupidez, uma vez que se tornou conveniente à maioria."

† Do latim, no original: "*Ambitus*" quer dizer "abrangência",

"Vejo que você está querendo briga", disse eu, "com alguns algebristas de Paris; mas prossiga."

"Contesto a utilidade, e assim o valor, daquela razão que é cultivada de qualquer forma especial que não seja a abstratamente lógica. Contesto, em particular, a razão inferida pelo estudo matemático. A matemática é a ciência da forma e da quantidade; o raciocínio matemático é meramente lógica aplicada à observação da forma e da quantidade. O grande erro reside em supor que mesmo as verdades daquilo que é chamado pura álgebra são verdades abstratas ou genéricas. E esse erro é tão egrégio que fico impressionado diante da universalidade de sua aceitação. Axiomas matemáticos não são axiomas da verdade geral. O que é verdadeiro quanto à relação — de forma e quantidade — é frequentemente falso no que diz respeito à moral, por exemplo. Nesta última ciência, muito comumente é uma inverdade que as partes somadas sejam iguais ao todo. Na química também o axioma falha. Na consideração dos motivos ele falha; por dois motivos, cada um de um

---

e não "ambição". *"Homines honesti"* era a expressão usada para designar os componentes do Partido dos Optimates, ou seja, os Aristocratas, em oposição a seus adversários do Partido dos Populares, e não quer dizer o que hoje consideramos como "honestidade" ou "honra". Os romanos designavam religião como *"cultus"*, sendo o termo *"religio"* adotado pelos cristãos. De acordo com os registros, César e Tito Lívio usavam o termo *"religio"* no sentido de "escrúpulos de consciência" ou de "superstição".

dado valor, ao serem unidos, não têm, necessariamente, um valor que seja igual à soma de seus valores separados. Há numerosas outras verdades matemáticas que são apenas verdades dentro dos limites da relação. Mas o matemático argumenta, a partir de suas verdades finitas, pela força do hábito, como se elas fossem de uma aplicabilidade geral absoluta — como de fato o mundo imagina que elas sejam. Bryant*, em sua tão erudita 'Mitologia', menciona uma fonte de erro análoga quando diz que 'ainda que as fábulas pagãs não sejam acreditadas, esquecemo-nos continuamente disso, e fazemos inferências a partir delas como se fossem realidades existentes'. Entre os algebristas, entretanto, que são eles mesmos pagãos, as 'Fábulas pagãs' são acreditadas, e as inferências são feitas, não tanto por lapsos de memória, mas por uma incompreensível confusão de seus cérebros. Em suma, ainda não encontrei um único matemático digno de confiança fora do campo das raízes quadradas, ou um que, ao menos clandestinamente, não considerasse uma certeza que $x^2 + px$ fosse absoluta e incondicionalmente igual a q. Diga a um desses cavalheiros, a título de experimento, por favor, que você acredita que possam ocorrer ocasiões em que $x^2 + px$ não é totalmente igual a q, e, tendo feito com que ele entenda o que você quer dizer, saia do

* William Cullen Bryant (1794-1878), poeta e editor norte-americano.

seu alcance o mais depressa possível, pois, sem dúvida, ele vai tentar nocauteá-lo.

"O que eu quis dizer", continuou Dupin enquanto eu simplesmente ri de suas últimas colocações, "é que, se o Ministro fosse nada além de um matemático, o chefe de polícia não teria necessidade de me dar seu cheque. Eu o reconheço, no entanto, como sendo matemático e poeta, e minhas medidas foram adaptadas às suas capacidades, com referência às circunstâncias que o cercavam. Conheço-o como um palaciano, também, e como um ousado conspirador. Tal homem, considerei eu, não poderia falhar em reconhecer os métodos de ação habituais da polícia. Ele não poderia falhar em antecipar — e os eventos provaram que ele de fato não falhou em antecipar — as abordagens a que foi submetido. Ele deve ter previsto, refleti eu, as investigações secretas em sua residência. Suas frequentes ausências de casa à noite, que foram celebradas pelo chefe de polícia como auxílios seguros para seu sucesso, encarei somente como estratagemas, de modo a oferecer, à polícia, oportunidades para uma busca completa, e assim, o quanto antes, conduzi-los à convicção a que G., de fato, acabou chegando — a convicção de que a carta não estava no local. Constatei, também, que toda a cadeia de pensamentos, que tive certa dificuldade em detalhar para você agora mesmo, no que se refere o princípio invariável da ação policial em buscas por objetos escondidos — constatei que toda essa cadeia de pensamentos teria necessariamente passado pela mente do Ministro. Esse encadeamento iria imperativamente levá-lo a desprezar todos os recantos ordinários destinados à ocultação. Ele não poderia, refleti eu, ser tão imprevidente a ponto de não imaginar que o mais intrincado e remoto recesso de sua mansão estaria tão acessível aos olhos, às sondagens, à serragem e aos microscópios do chefe de polícia quanto o mais comum dos guarda-roupas. Percebi, enfim, que ele seria conduzido, naturalmente, à simplicidade, se não deliberadamente induzido a ela por uma questão de escolha. Você vai se recordar, talvez, do quão desesperadamente o chefe de polícia riu quando eu sugeri, na ocasião de nossa primeira entrevista, que era bastante possível que esse mistério o perturbasse de tal forma pelo fato de ser tão evidente em si mesmo."

"Sim", disse eu, "lembro-me bem de seu divertimento. Realmente pensei que ele teria convulsões."

"O mundo material", continuou Dupin, "está repleto de analogias muito próximas do imaterial; e assim, alguns tons de verdade foram aplicados ao dogma retórico de que metáforas, ou símiles, podem ser realizadas para fortalecer um argumento, assim como para embelezar uma descrição. O princípio da *vis inertiae**, por exemplo, parece ser idêntico na física e na metafísica. Não é mais verdade, para a primeira, que um grande

* Do latim, no original: "força da inércia".

corpo enfrente maiores dificuldades para ser colocado em movimento do que um corpo menor, e que seu impulso subsequente seja proporcional a essa dificuldade, do que é verdade, para a última, que intelectos de capacidade mais vasta, ainda que mais firmes, constantes e hábeis em seus movimentos do que aqueles de menor grau, são no entanto os que se movem com menos facilidade, e são mais acabrunhados e cheios de hesitação nos primeiros passos de seus progressos. Novamente: você já percebeu qual dos sinais de trânsito, colocados diante das portas das lojas, é o que mais atrai a atenção?"

"Nunca dediquei um pensamento a isso", eu disse.

"Existe um jogo de adivinhação", ele retomou, "que é jogado com um mapa. Um dos participantes pede que o outro encontre uma palavra específica — nome da cidade, do rio, estado ou império —, qualquer palavra, em suma, na variegada e intrincada superfície cartográfica. Um novato no jogo geralmente tenta confundir seus oponentes ao dar a eles nomes escritos em letras minúsculas; mas o adepto seleciona palavras que se estendem, em grandes caracteres, de uma extremidade a outra do mapa. Essas, assim como os sinais e cartazes de rua que tenham letras grandes demais, escapam à observação pelo motivo de serem excessivamente óbvias; e aqui o lapso físico é precisamente análogo ao equívoco moral segundo o qual o intelecto se sujeita a não perceber aquelas considerações que são tão notável e palpavelmente evidentes em si. Mas este é um ponto, parece, que está algo acima ou abaixo da compreensão do chefe de polícia. Nem por um momento ele cogitou ser provável, ou possível, que o Ministro tivesse depositado a carta imediatamente debaixo do nariz de todo o mundo, como a melhor forma de evitar que qualquer parte desse mundo a percebesse.

"Mas, quanto mais eu refletia sobre a desafiadora, arrojada e distinta engenhosidade de D.; diante ainda do fato de que o documento devia sempre estar à mão, se ele pretendesse usá-lo com algum propósito; e diante da evidência decisiva, obtida pelo chefe de polícia, de que o documento não estava escondido dentro dos limites da busca ordinária realizada por esse dignitário —, mais convencido tornei-me de que, para ocultar essa carta, o Ministro recorreu ao compreensível e sagaz expediente de não ocultá-la em absoluto.

"Cheio dessas ideias, preparei-me com um par de óculos verdes e, em uma bela manhã, visitei, como se por acidente, a mansão ministerial. Encontrei D. em casa, bocejando, espreguiçando-se e à vontade, como de costume, e fingindo padecer do mais extremado *énnui**. Ele é, talvez, o ser humano vivo mais verdadeiramente enérgico — mas isso, apenas quando ninguém o vê.

* Do francês, no original: aborrecimento, tédio.

"Para colocar-me em igualdade com ele, reclamei de meus olhos fracos, e lamentei a necessidade dos óculos, sob cuja cobertura eu cuidadosa e detalhadamente investigava todo o apartamento, enquanto parecia atento apenas à conversa de meu anfitrião.

"Dediquei atenção especial a uma grande escrivaninha perto da qual ele estava sentado, e na qual havia uma porção emaranhada de cartas e outros papéis, um ou dois instrumentos musicais e alguns livros. Aqui, no entanto, depois de um longo e deliberado escrutínio, não vi nada que levantasse qualquer suspeita em particular.

"Finalmente meus olhos, enquanto circulavam pela sala, recaíram sobre uma pacotilha barata, feita de papelão filigranado, para acomodar cartões, pendurada por uma fita azul e encardida, presa a uma pequena maçaneta de latão logo abaixo do centro da cornija da lareira. Nessa pacotilha, que tinha três ou quatro compartimentos, havia cinco ou seis cartões de visita e uma carta solitária. Esta última estava muito suja e amassada. Tinha sido rasgada quase em dois, pela metade — como se a intenção, no primeiro momento, de destruí-la totalmente como algo inútil tivesse sido alterada, ou suspensa, no segundo momento. A carta tinha um grande selo negro, carregando o sinete de D. muito conspicuamente, e era endereçada, com uma letra pequena e feminina, ao próprio Ministro D. Tinha sido atirada descuidadamente, e até mesmo com desprezo, em uma das divisões superiores da pacotilha.

"Tão logo olhei de relance para a carta, concluí que tinha que ser aquela que eu procurava. Com certeza era, para todas as aparências, radicalmente diferente daquela que o chefe de polícia descrevera tão minuciosamente para nós. Aqui o selo era grande e negro, com o sinete de D.; na carta descrita, era pequeno e vermelho, com as armas ducais da família S. Esta era endereçada ao Ministro, com letra diminuta e feminina; naquela, o sobrescrito, para uma certa personagem da realeza, era notadamente ousado e decidido; somente o tamanho das duas cartas formava um ponto de correspondência. Mas, então, a radicalidade dessas diferenças, que era excessiva; a sujeira; a condição manchada e rasgada do papel, tão inconsistente com os verdadeiros hábitos metódicos de D., tão sugestiva de uma intenção de iludir quem o contemplasse e passar a ideia de uma correspondência sem valor; essas coisas, juntamente com a situação mais do que evidente do documento, totalmente à vista de qualquer visitante, estando assim em exato acordo com as conclusões a que eu havia chegado antes; essas coisas, repito, corroboravam fortemente as suspeitas de alguém que viera com a intenção de suspeitar.

"Prolonguei a minha visita o máximo possível, e, enquanto sustentava a mais animada conversação com o Ministro sobre um assunto que, eu sabia, jamais falhava em interessá-lo e excitá-lo, mantive minha atenção fixa na carta. Neste exame, guardei na memória a sua aparência externa e o seu arranjo na pacotilha; e, enfim, fiz também uma descoberta que colocou de lado qualquer dúvida trivial que eu pudesse ter. Ao investigar as bordas do papel, reparei que estavam mais desgastadas do que parecia necessário. Elas apresentavam a aparência quebrada que é manifesta quando um papel rígido, tendo sido dobrado uma vez e pressionado com um dobrador, é aberto e dobrado novamente na direção inversa, usando-se os mesmos vincos ou arestas que formaram as dobras originais. Essa descoberta foi suficiente. Estava claro para mim que a carta fora virada do avesso, como uma luva, dobrada novamente e selada outra vez. Desejei um bom dia ao Ministro e fui embora de imediato, deixando uma caixinha dourada de rapé na mesa.

"Na manhã seguinte voltei para pegar a caixinha, quando retomamos, muito acaloradamente, a conversa do dia precedente. Enquanto estávamos assim envolvidos, um estouro alto, como de uma pistola, foi ouvido imediatamente abaixo das janelas da mansão, e foi sucedido por uma série de gritos amedrontados, e pelos berros de uma multidão aterrorizada. D. correu para um caixilho, abriu-o e olhou para fora. Enquanto isso, fui até a pacotilha, retirei a carta, coloquei-a no meu bolso e a substituí por um *fac-simile* (ao menos no aspecto externo), que eu cuidadosamente tinha preparado em minha morada — imitando o sinete de D. muito proximamente, por meio de um selo formado com massa de pão.

"A perturbação na rua fora ocasionada pelo comportamento frenético de um homem que carregava um mosquete. Ele o havia disparado contra uma multidão de mulheres e crianças. Provou-se, contudo, que a carga era de pólvora seca, sem bala, e ao camarada foi permitido seguir caminho como um lunático ou um bêbado. Quando ele tinha partido, D. retornou da janela, até onde eu o havia seguido imediatamente após apossar-me do objeto em vista. Logo depois, despedi-me dele. O pretenso lunático fora pago por mim."

"Mas que propósito você tinha", perguntei, "ao substituir a carta por um *fac-simile*? Não teria sido melhor, na primeira visita, tê-la apanhado abertamente e saído?

"D.", respondeu Dupin, "é um homem desesperado, e um homem de nervos de aço. Sua mansão, da mesma forma, não é desprovida de criados devotados aos seus interesses. Tivesse eu procedido com a desvairada tentativa que você sugere, é possível que não tivesse deixado a presença ministerial com vida. O bom povo de Paris talvez não mais ouvisse falar de mim. Mas eu tinha um objetivo além dessas considerações. Você conhece as minhas ideias políticas preconcebidas. Neste assunto, atuo como partidário da dama em questão. Por dezoito meses, o Ministro a teve em seu poder. Agora ela o tem no dela — já que, sem saber que a carta não está mais em sua posse, ele vai proceder com suas exigências como se estivesse. Assim, ele inevitavelmente vai se conduzir à sua própria destruição política. Sua queda, também, não será mais precipitada do que constrangedora. É muito fácil falar sobre o *facilis descensus Averni*[*]; mas, em todos os tipos de escalada, como Catalani[†] se referiu ao canto, é muito mais fácil subir do que descer. Na presente circunstância, não tenho simpatia — ao menos, não sinto piedade — por aquele que desce. Ele é aquele *monstrum horrendum*, um homem engenhoso sem princípios. Confesso, no entanto, que gostaria muito de conhecer a natureza exata de seus pensamentos quando, ao ser desafiado por aquela que o chefe de polícia denomina 'uma certa personagem', ele seja conduzido a abrir a carta que deixei para ele na pacotilha."

"Como? Você colocou algo em particular nela?"

"Ora — não me pareceu de todo certo deixar o interior vazio — isso teria sido insultante. Certa vez, em Viena, D. me fez passar por maus bocados, e eu disse a ele, muito bem-humorado, que me lembraria disso. Assim, como eu sabia que ele ficaria curioso sobre a identidade da pessoa que o superou em astúcia, pensei que seria uma pena não lhe dar uma pista. Ele conhece bem a minha caligrafia, então eu somente copiei, no meio da folha em branco, as palavras:

* Do latim, no original: "é fácil descer ao Inferno".

† Angélica Catalani (1779-1849), soprano italiana.

"'— *Un dessein si funeste, S'il n'est digne d'Atrée, est digne de Thyeste.'*[*]

"Elas podem ser encontradas no 'Atrée', de Crébillon[†]."

* Do francês, no original: "Um desígnio tão funesto, se não é digno de Atrée, é digno de Thyeste". Atrée (Atreu) foi um rei lendário de Micenas que matou seu irmão Trisipo com ajuda de seu outro irmão, Thyeste (Tiestes). Este, mais à frente, tornou--se amante da esposa de Atreu e tentou roubar-lhe o trono. Foi exilado e voltou em busca de perdão. Foi bem recebido; mas, durante o banquete, Atreu mandou servir a carne dos filhos de Tiestes, Tântalo e Plístenes.

† Prosper Jolyot, Sieur de Crais-Billon, também conhecido como Crébillon (1674-1762), poeta dramático francês.

EXTRAS

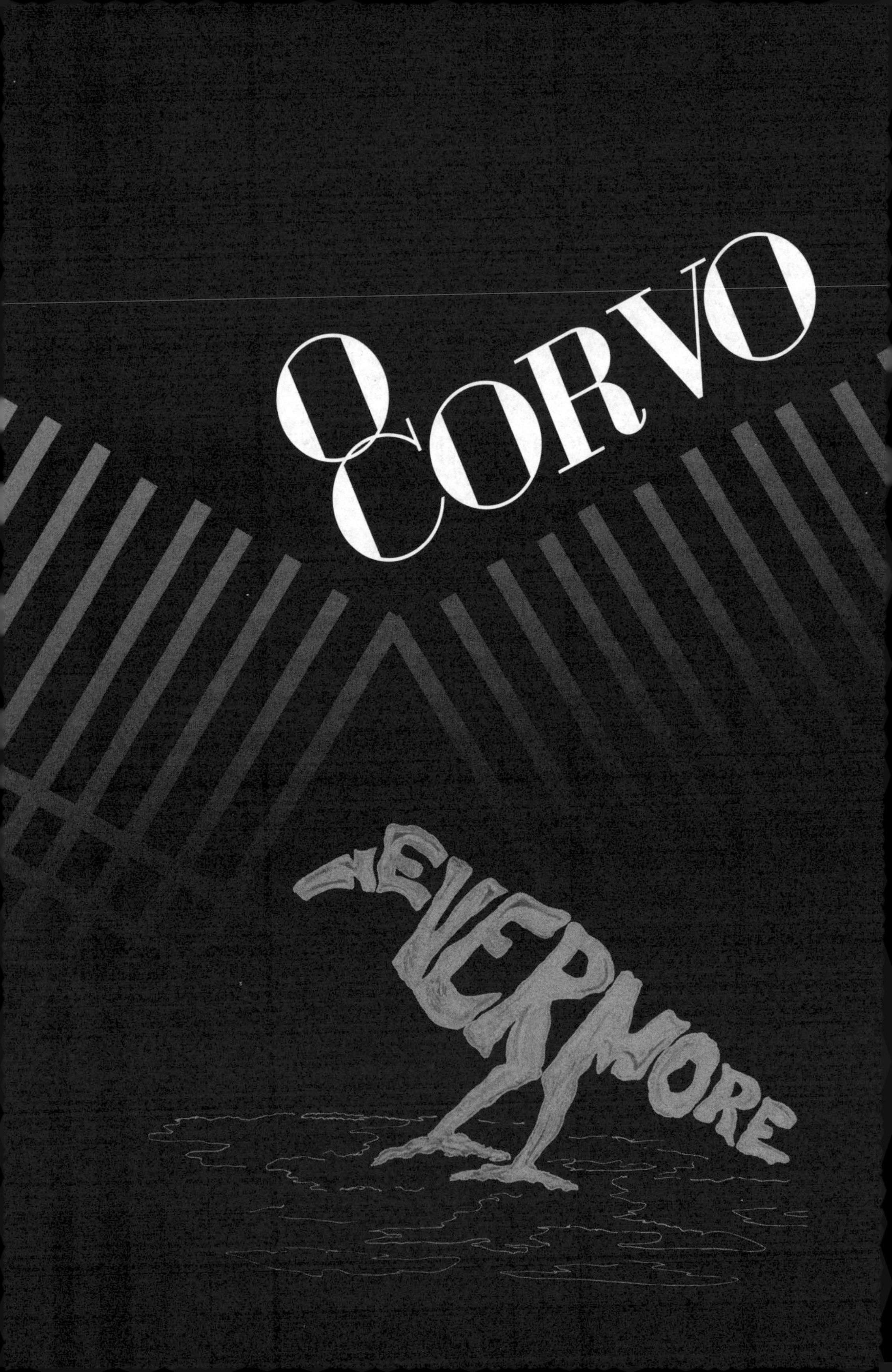
O CORVO
NEVERMORE

Em certo dia, à hora, à hora
Da meia-noite que apavora,
Eu caindo de sono e exausto de fadiga,
Ao pé de muita lauda antiga,
De uma velha doutrina, agora morta,
Ia pensando, quando ouvi à porta
Do meu quarto um soar devagarinho
E disse estas palavras tais:
"É alguém que me bate à porta de mansinho;
Há de ser isso e nada mais."

Ah! bem me lembro! bem me lembro!
Era no glacial dezembro;
Cada brasa do lar sobre o chão refletia
A sua última agonia.
Eu, ansioso pelo sol, buscava
Sacar daqueles livros que estudava
Repouso (em vão!) à dor esmagadora
Destas saudades imortais
Pela que ora nos céus anjos chamam Lenora,
E que ninguém chamará jamais.
E o rumor triste, vago, brando,
Das cortinas ia acordando
Dentro em meu coração um rumor não sabido
Nunca por ele padecido.
Enfim, por aplacá-lo aqui no peito,
Levantei-me de pronto e: "Com efeito
(Disse) é visita amiga e retardada

Que bate a estas horas tais.
É visita que pede à minha porta entrada:
Há de ser isso e nada mais."

Minh'alma então sentiu-se forte;
Não mais vacilo e desta sorte
Falo: "Imploro de vós — ou senhor ou senhora —
Me desculpeis tanta demora.
Mas como eu, precisando de descanso,
Já cochilava, e tão de manso e manso
Batestes, não fui logo, prestemente,
Certificar-me que aí estais."
Disse: a porta escancaro, acho a noite somente,
Somente a noite, e nada mais.
Com longo olhar escruto a sombra,
Que me amedronta, que me assombra,
E sonho o que nenhum mortal há já sonhado,
Mas o silêncio amplo e calado,
Calado fica; a quietação quieta:
Só tu, palavra única e dileta,
Lenora, tu, como um suspiro escasso,
Da minha triste boca sais;
E o eco, que te ouviu, murmurou-te no espaço;
Foi isso apenas, nada mais.

Entro co'a alma incendiada.
Logo depois outra pancada
Soa um pouco mais forte; eu, voltando-me a ela:

"Seguramente, há na janela
Alguma coisa que sussurra. Abramos.
Eia, fora o temor, eia, vejamos
A explicação do caso misterioso
Dessas duas pancadas tais.
Devolvamos a paz ao coração medroso.
Obra do vento e nada mais."
Abro a janela e, de repente,
Vejo tumultuosamente
Um nobre Corvo entrar, digno de antigos dias.
Não despendeu em cortesias
Um minuto, um instante. Tinha o aspecto
De um lord ou de uma lady. E pronto e reto
Movendo no ar as suas negras alas.
Acima voa dos portais,
Trepa, no alto da porta, em um busto de Palas;
Trepado fica, e nada mais.

Diante da ave feia e escura,
Naquela rígida postura,
Com o gesto severo — o triste pensamento
Sorriu-me ali por um momento,
E eu disse: "Ó tu que das noturnas plagas
Vens, embora a cabeça nua tragas,
Sem topete, não és ave medrosa,
Dize os teus nomes senhoriais:
Como te chamas tu na grande noite umbrosa?"
E o Corvo disse: "Nunca mais."

Vendo que o pássaro entendia
A pergunta que lhe eu fazia,
Fico atônito, embora a resposta que dera
Dificilmente lhe entendera.
Na verdade, jamais homem há visto
Coisa na terra semelhante a isto:
Uma ave negra, friamente posta,
Num busto, acima dos portais,
Ouvir uma pergunta e dizer em resposta
Que este é o seu nome: "Nunca mais."

No entanto, o Corvo solitário
Não teve outro vocabulário,
Como se essa palavra escassa que ali disse
Toda sua alma resumisse.
Nenhuma outra proferiu, nenhuma,
Não chegou a mexer uma só pluma,
Até que eu murmurei: "Perdi outrora
Tantos amigos tão leais!
Perderei também este em regressando a aurora."
E o Corvo disse: "Nunca mais."
Estremeço. A resposta ouvida
É tão exata! é tão cabida!
"Certamente, digo eu, essa é toda a ciência
Que ele trouxe da convivência
De algum mestre infeliz e acabrunhado
Que o implacável destino há castigado
Tão tenaz, tão sem pausa, nem fadiga,

Que dos seus cantos usuais
Só lhe ficou, na amarga e última cantiga,
Esse estribilho: "Nunca mais."

Segunda vez, nesse momento,
Sorriu-me o triste pensamento;
Vou sentar-me defronte ao Corvo magro e rudo;
E mergulhando no veludo
Da poltrona que eu mesmo ali trouxera
Achar procuro a lúgubre quimera.
A alma, o sentido, o pávido segredo
Daquelas sílabas fatais,
Entender o que quis dizer a ave do medo
Grasnando a frase: "Nunca mais."
Assim, posto, devaneando,
Meditando, conjecturando,
Não lhe falava mais; mas se lhe não falava,
Sentia o olhar que me abrasava,
Conjecturando fui, tranquilo, a gosto,
Com a cabeça no macio encosto,
Onde os raios da lâmpada caiam,
Onde as tranças angelicais
De outra cabeça outrora ali se desparziam,
E agora não se esparzem mais.

Supus então que o ar, mais denso,
Todo se enchia de um incenso.
Obra de serafins que, pelo chão roçando

Do quarto, estavam meneando
Um ligeiro turíbulo invisível;
E eu exclamei então: "Um Deus sensível
Manda repouso à dor que te devora
Destas saudades imortais.
Eia, esquece, eia, olvida essa extinta Lenora."
E o Corvo disse: "Nunca mais."
"Profeta, ou o que quer que sejas!
Ave ou demônio que negrejas!
Profeta sempre, escuta: Ou venhas tu do inferno
Onde reside o mal eterno,
Ou simplesmente náufrago escapado
Venhas do temporal que te há lançado
Nesta casa onde o Horror, o Horror profundo
Tem os seus lares triunfais,
Dize-me: Existe acaso um bálsamo no mundo?"
E o Corvo disse: "Nunca mais."

"Profeta, ou o que quer que sejas!
Ave ou demônio que negrejas!
Profeta sempre, escuta, atende, escuta, atende!
Por esse céu que além se estende,
Pelo Deus que ambos adoramos, fala,
Dize a esta alma se é dado inda escutá-la
No Éden celeste a virgem que ela chora
Nestes retiros sepulcrais.
Essa que ora nos céus anjos chamam Lenora!"
E o Corvo disse: "Nunca mais."

"Ave ou demônio que negrejas!
Profeta, ou o que quer que sejas!
Cessa, ai, cessa!, clamei, levantando-me, cessa!
Regressa ao temporal, regressa
À tua noite, deixa-me comigo.
Vai-te, não fica no meu casto abrigo
Pluma que lembre essa mentira tua,
Tira-me ao peito essas fatais
Garras que abrindo vão a minha dor já crua."
E o Corvo disse: "Nunca mais."

E o Corvo aí fica; ei-lo trepado
No branco mármore lavrado
Da antiga Palas; ei-lo imutável, ferrenho.
Parece, ao ver-lhe o duro cenho,
Um demônio sonhando. A luz caída
Do lampião sobre a ave aborrecida
No chão espraia a triste sombra; e, fora
Daquelas linhas funerais
Que flutuam no chão, a minha alma que chora
Não sai mais, nunca, nunca mais!

"Oh! Oooh... este camarada está
dançando como um louco!
Ele deve ter sido mordido pela
Tarântula.
Tudo ao contrário."

O ESCARAVELHO DE OURO

Muitos anos atrás, contraí amizade com um cavalheiro chamado William Legrand. Era ele um membro das antigas famílias Huguenotes, e havia sido muito rico. Porém, uma série de infortúnios o reduziu a nada. Para evitar a mortificação consequente de sua vida desastrosa, deixou Nova Orleans, a cidade de seus antepassados, e firmou residência na Ilha Sullivan, próximo a Charleston, na Carolina do Sul.

Esta ilha é bastante singular. Consiste de praticamente um trecho de areia da praia em cerca de três milhas de distância. Sua largura não excede mais que um quarto de milha. É separada do continente por um riacho quase imperceptível, que percorre o caminho por uma região selvagem de juncos e lodo, refúgio favorito de aves aquáticas. A vegetação, como era de se esperar, é escassa, ou no mínimo raquítica.

Sem árvores de grande magnitude à vista. Próxima à extremidade oeste, onde o Forte Moultrie está erguido, e onde algumas construções miseráveis, habitadas durante o verão pelos refugiados da febre e poeira de Charleston, podem ser encontradas, de fato, palmeiras-anãs. Mas toda a ilha, com exceção dessa parte ocidental e de uma áspera areia branca da costa marítima, está coberta de uma densa vegetação rasteira de murta suave, muito apreciada pelos horticultores da Inglaterra.

O arbusto ali, muitas vezes, chega a atingir o auge de quinze ou vinte pés de altura, e forma uma copa quase impenetrável, impregnando o ar com sua fragrância.

Nos recantos mais íntimos desta copa, não tão distante do extremo ocidente e remoto da ilha, Legrand construiu para si uma cabana, onde ele residia, quando eu, por mero acaso, acabei o conhecendo.

Este encontro logo amadureceu para uma amizade — pois havia muito no recluso para despertar interesse e estima. Eu o achei muito bem-educado, dotado de capacidades intelectuais incomuns, tão somente, afetado por uma misantropia e sujeito a um humor perverso que alternava-se com entusiasmo e melancolia. Ele tinha consigo muitos livros, mas raramente fazia uso deles. Suas principais diversões eram caça e pesca, ou passear pela praia e pelas murtas, à busca de conchas ou espécimes entomológicas; sua coleção do último deveria ser enviada para Swammerdamm.

Nestas excursões ele geralmente ia acompanhado de um negro velho, chamado Jupiter, que havia sido libertado antes dos reveses da família, mas não conseguiu ser levado, seja por ameaças ou promessas, a abandonar o que ele considerava seu direito em acompanhar os passos do jovem que ele considerava seu "Sinhô Will". Não é nada improvável que os parentes de Legrand, considerando-o de alguma forma com um intelecto "não ajustável", tenham contribuído em instilar essa obstinação em Jupiter, com o intuito de fazê-lo supervisionar e se tornar o guardião do jovem errante.

Os invernos por conta da latitude na Ilha Sullivan raramente eram muito severos, e no período do outono, era um evento muito raro a necessidade de se acender uma fogueira. Pelos meados de Outubro de 18..., ocorreu, no entanto, um dia de sensível friagem. Pouco antes do pôr do sol, adentrei pelas árvores até a cabana do meu amigo, a quem eu não tinha visitado por muitas semanas — minha residência sendo, no momento, em Charleston, a uma distância de nove milhas da Ilha, enquanto as facilidades de travessia de ida e vinda ainda estavam distantes dos dias atuais.

Assim que cheguei à cabana, bati, como era meu costume, e não obtendo nenhuma resposta, procurei pela chave que sabia estar escondida, destranquei a porta e entrei. Um fogo brando estava ardendo sobre a lareira. Aquilo era uma novidade e de forma alguma uma desagradável. Tirei o sobretudo, peguei uma poltrona próxima às achas crepitantes e aguardei a chegada de meus anfitriões.

Logo depois de escurecer eles chegaram e me deram as boas-vindas cordiais. Jupiter, sorrindo de orelha a orelha, apressou-se a preparar algumas aves aquáticas para o jantar. Legrand estava em um daqueles acessos — de que outra maneira eu poderia denominá-los? — de entusiasmos. Ele havia encontrado uma concha bivalva desconhecida, formando um novo padrão, e, mais do que isso, ele caçara e apanhara um *scarabeus* que ele acreditava totalmente ser uma espécie nova, mas a respeito do qual ele queria saber minha opinião no dia seguinte.

— E por que não hoje à noite? — perguntei, esfregando minhas mãos diante do fogo e desejando que toda a raça de *scarabei* fosse para o inferno.

— Ah, se eu soubesse que você estava aqui! — disse Legrand. — Mas tem tanto tempo que não o vejo e como poderia eu prever que você me faria esta visita logo esta noite, de todas as outras? Quando estava voltando pra casa, encontrei o Tenente G, do Forte, e, tolamente, deixei que ele emprestasse o escaravelho. Então, vai ser impossível pra você vê-lo até amanhã de manhã. Fique aqui esta noite, e mandarei Jup buscá-lo assim que o sol nascer. É a coisa mais adorável da criação!

— O quê? O nascer do sol?

— Ooh, não! O escaravelho. Ele é de uma brilhante cor de ouro, do tamanho de uma noz grande, com duas manchas negras, da cor do azeviche, nas extremidades das costas e, mais, perto de uma ponta e outra mais distante. As antenas são...

— Num tem nada de estanho nele não, sinhô Will, tô te falanu — aqui Jupiter interrompeu. — Esse escaravéio é de ôro maciço, pesado, cada pedacin dele, dentro e tudu, tirano as asa, nunca peguei um trem tão pesado na vida.

— Bem, suponhamos que seja verdade, Jup — replicou Legrand, de alguma forma mais vivaz, pareceu para mim, do que o caso realmente necessitava. — Esta é uma razão para que você deixe as aves queimarem? A cor... — Aqui ele se voltou para mim — é realmente quase capaz de atestar a opinião de Jupiter. Você nunca viu um brilho metálico tão reluzente e cintilante quanto a casca dele emite. Mas isso você não pode atestar até amanhã. Nesse meio tempo, posso lhe dar uma ideia do formato.

Dizendo aquilo, ele se sentou sobre uma mesa pequena, com uma caneta tinteiro, mas sem papel algum. Olhou ao redor, em busca na gaveta, mas não encontrou.

— Deixa pra lá — disse ele, por fim. — Isso servirá.

E tirou do bolso de seu colete um pedaço de algo que julguei ser um gorro sujo, e fez alguma espécie de desenho rude com a caneta. Enquanto ele fazia aquilo, eu me mantive na cadeira, pois ainda sentia frio. Quando finalizou o desenho, ele o estendeu para mim, sem se levantar. Assim que o peguei, um rosnado alto pôde ser ouvido, sucedido de arranhões na porta. Jupiter a abriu e um grande cão Terra-nova, pertencente a Legrand, irrompeu na sala, subiu em meus ombros e me encheu de lambidas, já que em outras visitas prévias eu lhe dediquei bastante atenção. Quando suas brincadeiras terminaram, olhei para o papel e, para falar a verdade, fiquei um pouco intrigado com o que meu amigo desenhara.

— Bem... — eu disse, depois de contemplar por mais alguns minutos. — Este é um *scarabeus* bem estranho, devo confessar: novo para mim. Nunca vi algo parecido antes, a não ser um crânio, ou uma caveira, que é o que mais tem uma semelhança com algo que eu já tenha observado.

— Uma caveira! — repetiu Legrand. — Oh, sim! Bem, há algo dessa aparência, no papel, sem dúvida. Os dois pontos negros da parte superior se parecem com olhos, não é? E o mais distante ao final, com uma boca, e temos todo o formato oval.

— Talvez — disse eu. — Mas, Legrand, temo que você não seja um artista. É melhor esperar até que eu veja o inseto por mim mesmo, se quiser formar uma ideia de sua aparência pessoal.

— Bem, eu não sei — disse ele, um pouco irritado. — Eu desenho toleravelmente, ou deveria, pelo menos, já que tive bons professores, e tenho orgulho de não ser um imbecil.

— Mas, caro amigo, então você está brincando — disse eu. — Este é um crânio bem passável, de fato, eu devo dizer que é um crânio excelente, de acordo com as noções vulgares de tantas espécimes e fisiologia e, o seu *scarabeus* deve ser o *scarabeus* mais esquisito de todo o mundo, se ele se assemelhar a isto. Porque, podemos extrair uma boa parcela de superstição deste esboço. Eu imagino que você chamará o escaravelho de *scarabeus caput hominis*, ou algo desse tipo, sendo que há tantos títulos similares na História Natural. Mas, onde estão as antenas das quais tinha falado?

— As antenas! — disse Legrand, que parecia estar se tornando um pouco furioso sobre o assunto. — Eu tenho certeza que você é capaz de vê-las! Eu as desenhei com nitidez, assim como elas eram no inseto original, e presumo que isso seja suficiente.

— Bem, bem... — eu disse. — Talvez você tenha, mas ainda assim eu não as vejo.

Estendi o papel para ele, sem nenhuma outra observação, tentando não inflamar seu temperamento. Mas eu estava surpreso com a mudança com que os eventos tomaram. Seu mau-humor me intrigava e, para a questão do desenho do inseto, com toda a certeza não havia antena alguma visível, e a coisa toda mais se assemelhava a um crânio.

Ele recebeu o papel, ainda muito irritado, e estava prestes a amassá-lo e aparentemente arremessá-lo no fogo, quando um olhar casual no desenho subitamente captou sua atenção. Em um instante seu rosto ficou violentamente vermelho, para no instante seguinte ficar pálido. Por alguns minutos ele continuou olhando com escrutínio o desenho enquanto estava sentado. Finalmente se levantou, pegou uma vela sobre a mesa e prosseguiu para se sentar em um baú no canto mais distante da sala. Aqui ele fez novamente um exame minucioso do papel. Virando-o em todas as direções. Ele não dizia nada, no entanto, e sua conduta me assombrava grandemente. Ainda, eu pensava que era prudente não exacerbar sua crescente mudança de humor em relação ao seu temperamento por qualquer comentário.

Depois ele tirou do bolso do casaco uma carteira, colocou o papel cuidadosamente dentro e guardou-os em uma gaveta da escrivaninha, à qual ele trancou. Agora ele estava mais comedido em sua conduta, mas seu entusiasmo original havia desaparecido. Porém, ele aparentava estar mais abstraído do que emburrado.

Conforme a noite se esvaiu, ele começou a ficar mais envolvido em seus devaneios, não sendo despertado por nenhuma das minhas colocações. Era minha intenção passar a noite na cabana, como eu frequentemente fazia, mas, vendo o meu anfitrião neste humor, considerei apropriado ir embora. Ele não me pressionou a ficar, mas assim que parti, apertou minha mão com um pouco mais do que sua cordialidade habitual.

Foi depois de um mês após isto (e durante este intervalo não vi nada de Legrand), que recebi uma visita, em Charleston, de seu servo, Jupiter. Eu nunca vira o bom negro velho parecer tão abatido, e temi que algo realmente sério e desastroso tivesse sobrevindo ao meu amigo.

— Bem, Jup — disse eu. — Qual é o problema agora? Como está o seu mestre?

— Bom, pra falá a verdade, sinhô, ele num tá muito bem como devia tá, não.

— Que pena! Eu realmente sinto muito saber disso. Do que ele tem se queixado?

— Então... aí que tá. Ele nunca recrama de nada, mas ele tá muito doente de tudo.

— Muito doente, Jupiter? Por que você não disse isso logo de uma vez? Ele está acamado?

— Não, isso ele num tá, não. Ele num encontra lugá ninhum. Aí que a coisa fica feia, minha cabeça tá muito lesa por causa do pobre sinhô Will.

— Jupiter, eu gostaria de entender o que você está falando. Você diz que seu mestre está doente. Ele não te disse o que o aflige?

— Ué, sinhô, é bestêra ficá se preocupanu à toa com esse assunto. Sinhô Will diz nada que tá acontecênu com ele, mas então, por que é que ele fica pra cá e pra lá, oianu pra todo lugá, com a cabeça pra baixo e os ombro pra cima e mais branco que um ganso? E fica repetinu uns cifrão o tempo todo...

— Fazendo o quê, Jupiter?

— Fazenu uns cifrão com umas figura na pedra. As mais esquisitas que já vi. Tô ficanu com medo, vô te dizê. Tenho que ficá com os óio pregado em cima dele. Otro dia, ele escapuliu antes do sol nascê, e ficô fora o dia todin. Eu tinha cortado uma vara da boa pra dá uma coça nele quando ele vortáce, mas tô tão bobo que num tenhu coragi pra fazê. Ele tava cuma cara tão miserávi.

— Ah, o quê? Ah, sim... afinal de contas, foi bom você não ter sido tão severo com o pobre companheiro. Não bata nele, Jupiter. Ele não aguentaria, mas você não faz a menor ideia do que ocasionou essa doença, ou essa mudança de comportamento? Aconteceu alguma coisa desagradável desde que estive lá?

— Não, sinhô. Num aconteceu nada disagradavi desde intão. Isso foi antes, tô achanu. No mesmo dia que o sinhô foi lá.

— Como? O que quer dizer com isso?

— Ué, sinhô, eu falo do escaravéio, tendeu?

— O quê?

— O bicho. Tenho certeza que o sinhô Will foi murdido perto da cabeça por aquele escaravéio de ôro.

— E por que você está achando isso, Jupiter?

— As garra grande, sinhô, e a boca tumém. Eu nunca tinha visto um escaravéio endemoninhado, ele chutava e murdia tudo que chegava perto dele. Sinhô Will catô ele primêro, mas teve que deixá ele imbora depressa, tô falanu... ali deve tê sido a hora que ele foi murdido. Eu num gostei do jeito da boca, hum hum, do bicho, eu não, de jeito ninhum, eu que num ia pegá com meu dedo, aí catei ele cum pedaçu de papel que eu achei. Eu enrolei ele nu papel e infiei ôtro na bocona dele. Foi assim que eu fiz.

— Então você realmente pensa que seu mestre foi mordido pelo inseto e que a mordida o fez ficar doente?

— Eu num penso nada, não. Eu sei. O que tá fazênu ele sonhá com tanto ôro se não foi pela murdida do escaravéio di ôro? Eu já tinha uvido falá desses escaravéio de ôro antes.

— Mas como você sabe que ele tem sonhado com ouro?

— Cumo eu sei? Pusquê ele fala dissu quando tá durminu, pur isso que eu sei.

— Bem, Jup. Talvez você esteja certo. Mas a que feliz circunstância devo atribuir a honra de sua visita hoje?

— Qué isso, sinhô?

— Você trouxe algum recado do Sr. Legrand?

— Não, sinhô. Eu trôxe essa carta. — Então Jupiter estendeu para mim uma nota que dizia:

Meu caro,

Por que não o tenho visto há tanto tempo? Espero que não tenha sido tolo de ter se ofendido com alguma pequena brusquidão minha. Mas não. Isso é improvável. Desde que o vi, tenho tido grandes ataques de ansiedade. Eu tenho algo para lhe dizer, ainda que mal saiba como dizer isso, ou se devo dizer de qualquer maneira.
Eu não tenho estado muito bem ultimamente e o pobre Jup tem me irritado, quase além do suportável, por suas boas intenções, você acredita nisso? Ele chegou a fazer uma vara com o intuito de castigar-me por eu ter escapulido dele, para passar o dia sozinho, nas colinas do continente. Acredito que minha aparência adoentada me salvou de uma surra.
Não fiz qualquer acréscimo à minha coleção desde a última vez que nos encontramos.

Se você puder, de qualquer maneira, e lhe for conveniente, venha com Jupiter. Apenas venha. Eu preciso vê-lo esta noite. É um assunto de extrema importância. Eu te garanto, de grande importância.

Sempre seu,
William Legrand

Havia algo no tom daquela nota que me deixara desconfortável. Diferia totalmente do estilo usual de Legrand. O que poderia estar perturbando-o em seus sonhos? Que nova faceta excêntrica dominava tão excitado cérebro? Que assunto de "extrema importância" teria ele a tratar? O relato de Júpiter sobre ele não era bom. Eu temia que a pressão contínua do infortúnio tivesse, por fim, em demasiado perturbado a razão de meu amigo. Sem nenhum momento de hesitação, por conseguinte, preparei-me para acompanhar o velho homem negro.

Ao chegarmos ao cais, notei uma foice e três pás, todas aparentemente novas, dispostas no fundo do bote no qual embarcaríamos.

— Para quê tudo isso, Jup? — perguntei.

— Foice dele, sinhô, e pá.

— De fato. Mas o que estão fazendo aqui?

— É a foice e "as pá" que o sinhô Will me pidiu pra comprá pra ele na cidade e custou um diabo de dinhêro que tive que dá por elas.

— Mas o quê, por tudo o quanto é misterioso, seu "sinhô" Will fará com foices e pás?

— Taí um negócio que num sei e o diabo me carregue se eu sei mais que o que ele sabe, tumém. Mas é tudo côisa do escaravéio.

Sabendo que não encontraria nada de satisfatório oriundo de Jupiter, cujo todo intelecto parecia ter sido absorvido pelo "escaravéio", entrei no bote e soltei a vela. Com a belíssima e forte brisa soprando, nós rapidamente percorremos a pequena angra, ao norte do Forte Moultrie, e uma caminhada de mais duas milhas nos levou até a cabana. Era cerca de três horas da tarde quando chegamos. Legrand estava nos esperando com uma expectativa ansiosa. Ele apertou minha mão com um cumprimento nervoso, que me alarmou e fortaleceu as suspeitas já antes entretidas. Seu semblante estava pálido até o estado de pura lividez e seus olhos profundos me encaravam com um brilho incomum. Após alguns questionamentos a respeito de sua saúde, perguntei a ele, não sabendo a melhor forma de abordar o assunto, se ele já havia obtido o *scarabeus* de volta do Tenente G.

— Oh, sim — respondeu ele, corando violentamente. — Eu o recebi de volta na manhã seguinte. Nada poderia me manter afastado deste *scarabeus*. Você sabia que Jupiter tem quase toda a razão a respeito dele?

— De que modo? — perguntei, com um pressentimento triste em meu peito.

— Em supor que o inseto é feito de ouro maciço — ele disse aquilo com um ar de profunda seriedade, e me senti inexplicavelmente chocado.

— Este escaravelho vai fazer minha fortuna — continuou ele, com um sorriso triunfante. — Irá me reinstalar das posses de minha família. É de se admirar que eu o admire tanto, pois? Desde que o destino afortunadamente quis trazê-lo a mim, eu devo tão somente usá-lo de modo adequado e chegarei até o ouro do qual ele é o indício. Jupiter, traga-me o *Scarabeus*!

— Quê? O escaravéio, sinhô? Eu que num vô tê trabáio com aquele escaravéio... o sinhô mêrmo péga ele.

Aí Legrand se levantou, com um ar grave e imponente, e trouxe-me o besouro em uma caixa de vidro, no qual ele se encontrava encerrado. Era um belíssimo *scarabeus*, e, naquele momento, desconhecido para os naturalistas e com grande valor do ponto de vista científico. Havia duas manchas negras e redondas próximas uma da outra em cada extremidade nas costas, e outra comprida mancha perto da outra extremidade. A casca era muito dura e brilhante, com toda a aparência de ouro polido. O peso do inseto era surpreendente e digno de nota e, levando todas as coisas em consideração, dificilmente eu poderia culpar Jupiter por sua opinião a respeito daquilo. Mas o que levou Legrand a concordar com aquilo, eu não poderia, pela minha vida, de forma alguma, dizer.

— Mandei buscá-lo — disse ele, em um tom grandiloquente, quando terminei meu exame minucioso do escaravelho. — Mandei buscá-lo, pois preciso de seu conselho e assistência a fim de favorecer os desígnios do Destino e do escaravelho.

— Meu caro Legrand... — murmurei, interrompendo-o. — Você, certamente, não está bem e seria melhor que tomasse algumas precauções. Você deveria ir se deitar, e eu ficarei contigo por alguns dias, até que se recupere disso. Você está febril e...

— Sinta minha pulsação — ele disse.

Eu o fiz e, para dizer a verdade, não encontrei o menor sinal de febre ou alteração.

— Mas ainda assim você pode estar doente e não apresentar febre. Permita-me, que desta vez, prescreva algo pra ti. Em primeiro lugar, vá para a cama. Em segundo lugar...

— Você está enganado — ele interferiu. — Sinto-me tão bem quanto seria de se esperar, no estado de excitação em que me encontro. Se você realmente me quer bem, trate de me aliviar desta excitação.

— E como se há de fazer isto?

— Muito facilmente. Jupiter e eu iremos em uma expedição pelas colinas, através do continente, e, nessa expedição, necessitamos do auxílio de alguém em quem possamos confiar. Você é o único em quem confiamos. Independente se formos bem sucedidos, ou não, a excitação que você pode perceber em mim, será, igualmente, aliviada.

— Estou ansioso em ser de alguma serventia de algum modo — repliquei —, mas você quer dizer que este escaravelho infernal tem algo a ver com essa sua expedição às colinas?

— Sim.

— Então, Legrand, não posso tomar parte em ato tão absurdo.

— Eu sinto muito. Muito mesmo. Porque teremos que tentar por nossa própria conta.

— Tentar por si mesmo?! O homem está seguramente maluco, mas veja! Quanto tempo pretende estar ausente?

— Provavelmente toda a noite. Devemos partir imediatamente, e estar de volta, dependendo dos acontecimentos, ao amanhecer.

— E você me promete, por sua honra, que quando essa sua loucura acabar, bem como esse negócio do escaravelho — bom Deus! — finalmente estiver resolvido, você voltará para casa e seguirá estritamente meu conselho, como se fosse seu médico?

— Sim. Eu prometo. E agora deixe-nos partir, porque não temos tempo a perder.

Com o coração pesado, acompanhei meu amigo. Partimos às quatro horas da tarde — Legrand, Jupiter, o cachorro e eu. Jupiter levava com ele a foice e as pás. Mais por medo de deixá-las ao alcance de seu patrão, pareceu para mim, do que pela solicitude e complacência em poupá-lo de esforços. Sua fisionomia estava extremamente carrancuda e, "escaravéio do diabo", foram as únicas palavras que escapavam de seus lábios durante toda a jornada.

Da minha própria parte, eu tinha comigo um par de lanternas furta-fogo, enquanto Legrand ficara encarregado com o *scarabeus*, levando-o amarrado à ponta de um barbante, fazendo-o girar, de lá pra cá, como se fosse um conjurador. Ao observar aquela faceta e óbvia evidência do estado da aberração mental do meu amigo, eu mal podia refrear minhas lágrimas.

Pensei que seria melhor, no entanto, satisfazer-lhe a fantasia, ao menos por um momento, ou até que eu pudesse adotar medidas mais enérgicas com chance de sair bem sucedido.

Naquele meio tempo, tentei, mesmo que de maneira vã, sondá-lo com respeito ao objetivo daquela expedição. Tendo conseguido me induzir a acompanhá-lo, ele aparentava não querer travar qualquer diálogo sobre tópicos de menor importância, e para todas as minhas perguntas, apenas se dignava a responder: "veremos".

Cruzamos o braço de mar na ponta da ilha por meio de um esquife e, subindo os aclives altos da costa do continente, prosseguimos na direção noroeste, por um trecho de terras agressivamente selvagens e desoladas, onde não havia traço de pisada humana à vista. Legrand seguia à frente decididamente. Pausava apenas por alguns instantes, aqui e acolá, para consultar o que pareciam ser marcas dispostas por ele mesmo em uma ocasião anterior.

Daquela maneira, caminhamos por duas horas, e o sol já estava a ponto de se pôr, quando entramos em uma área muito mais sinistra do que qualquer outra já vista até então. Era uma espécie de terreno plano, perto do cume de uma colina quase inacessível, coberta por uma densa vegetação da base ao topo, e entremeada por imensos penhascos que pareciam estar soltos sobre o solo e, de alguma maneira, só não se precipitavam pelo vale, meramente pelo apoio das árvores contra os quais estavam reclinados. Ravinas profundas, em diversas direções, davam ao cenário um ar ainda mais solene e severo.

A plataforma natural onde estávamos escalando estava coberta de sarças, através das quais descobrimos ser impossível forçar nossa passagem, a não ser pelo uso da foice. E Jupiter, comandado por seu mestre, seguiu limpando o caminho até o pé de um imenso tulipeiro, que se erguia entre oito ou dez carvalhos, acima do nível e os ultrapassava, além de todas as outras árvores que eu já tinha visto, pela beleza de sua folhagem e formas, em como se expandiam nas circunferências dos ramos, e em sua aparência majestosa. Ao alcançarmos esta árvore, Legrand virou-se para Jupiter e perguntou-lhe se ele a conseguiria escalar. O velho homem pareceu um pouco aturdido com a pergunta e por um momento não lhe respondeu. Até que, aproximou-se, finalmente, do enorme tronco, caminhou ao seu redor devagar e o examinou por um minuto, com bastante atenção. Quando completou seu escrutínio, ele simplesmente disse:

— Sim, Sinhô. Jup pode subí em quarqué arvre que já viu na vida.

— Então suba, o mais rápido possível, pois em breve estará escuro demais para vermos o que viemos ver.

— Até onde eu vô, sinhô? — perguntou Jupiter.

— Suba primeiramente no tronco principal, depois lhe direi para qual lado deverás seguir e, então, pare. Leve o escaravelho com você.

— O escaravéio, sinhô Will!, O escaravéio de ôro? — choramingou o negro, recuando de medo. — Pusquê tenho que levá o bicho cumigo? Num sei se dô conta...

— Se você está com medo, Jup, um grande homem negro como você, de levar um pequeno e inofensivo besouro morto, então pode levá-lo por este barbante. Mas, se você não der um jeito de levá-lo com você, de algum modo, é provável que eu tenha que quebrar sua cabeça com esta pá.

— Que negóço é êsse, sinhô? — disse Jupiter, evidentemente envergonhado e totalmente condescendente. — Sempre querênu mangar com o nêgo véio aqui. Tava só brincânu. Eu... cum medo do escaravéio... Nem ligo pra esse escaravéio!

Aqui ele assumiu com precaução a outra ponta do barbante e, mantendo o besouro o mais distante possível de sua pessoa, tanto quanto as circunstâncias permitiam, preparou-se para escalar a árvore.

Quando novo, o tulipeiro, também conhecido como *Liriodendron tulipiferum*, o mais magnífico das florestas americanas, tem um tronco caracteristicamente liso, e geralmente se eleva em grandes alturas, sem troncos laterais. Mas, quando em estado mais avançado, a casca se torna desigual e rugosa, bem como se apresenta com vários galhos curtos ao longo de sua superfície. Dessa forma, a dificuldade em subir pelo tronco da árvore era tão aparente quanto real. Abraçando o enorme cilindro, tão perto quanto podia, com braços e joelhos, agarrando com suas mãos alguns troncos projetados, e apoiando os dedos descalços em outros, Jupiter, após escapulir de quase duas quedas, conseguiu, finalmente, içar seu corpo até a primeira grande forquilha e pareceu considerar todo o ato como algo virtualmente executado. O risco do empreendimento pareceu, até o momento, ter passado, embora ele estivesse a sessenta, setenta pés de altura do solo.

— Pra qui lado agora, Sinhô Will? — perguntou ele.

— Mantenha-se no tronco mais largo, o deste lado — disse Legrand.

O negro obedeceu prontamente e, aparentemente, sem nenhum problema. Subia cada vez mais alto, até que não havia mais sequer nenhum sinal de sua figura agachada pela densa folhagem que o envolvia. Naquele momento, pôde-se ouvir sua voz em uma espécie de grito ecoado.

— Quanto mais tenho qui subí?

— Quão alto você está? — perguntou Legrand.

— Tô bem arto — respondeu o negro. — Dá pra vê o céu do tôpo da arvre.

— Esqueça o céu, mas concentre-se no que vou lhe dizer. Olhe para baixo, na árvore, e conte os galhos abaixo de você, por este lado. Quantos galhos você passou?

— Um... dois... treis... quatro... cincu... passei cincu gáio grande, sinhô, dessi lado.

— Então agora suba mais um.

Em poucos minutos a voz foi ouvida novamente, informando que já havia alcançado o sétimo galho.

— Agora, Jupiter! — gritou Legrand, evidentemente muito excitado. — Eu quero que vá trilhando o caminho por este galho, o mais distante que puder. Se vir alguma coisa estranha, me avise.

Àquela altura, qualquer pequena dúvida que eu pudesse ter sobre o estado de insanidade do meu pobre amigo estava completamente desfeita. Não restava outra alternativa que não concluir que ele agia como um lunático, e me tornei ansioso em levá-lo de volta para casa. Enquanto eu considerava o que melhor deveria ser feito, a voz de Jupiter foi ouvida novamente.

— Tô cum mêdo di í muito longi nesse gáio. Tá todo pôdri.

— Você disse que é um galho podre, Jupiter? — gritou Legrand em uma voz trêmula.

— Sim, sinhô. Tá mais pôdri que uma tranca véia. Acabadin mêrmu. Presta pra mais nada.

— O quê, em nome dos céus, devo eu fazer? — perguntou Legrand, aparentando grande desespero.

— Fazer o quê? — disse eu, agradecido pela oportunidade em dizer uma palavra. — Por que não voltamos para casa e você não se deita? Vamos agora! Está acabado, companheiro. Está ficando tarde e, além disso, lembre-se de sua promessa.

— Jupiter! — gritou ele, sem me dar qualquer atenção. — Está me ouvindo?

— Sim, sinhô. Tô ti ouvinu prefeitamente.

— Teste a madeira, então, com seu canivete, e averigue se está muito podre.

— Tá pôdri, sinhô. Muito mêrmo — respondeu o negro alguns minutos depois. — Mas naoum du jêito que divia tá. Eu, suzinho, posso tentá subí mais.

— Você sozinho? Como assim?

— Tô falanu do escaravéio, sinhô. Esse bichu é pesado. Se eu sortá ele primêro, capaiz do gáio num quebrá cum o peso só do véio nêgo.

— Seu canalha dos infernos! — gritou Legrand, aparentemente mais aliviado. — O que você está pensando em me falar algo sem sentido assim? Tenha certeza de que se você deixar esse escaravelho cair, eu lhe quebro o pescoço. Veja bem, Jupiter, você me ouviu?

— Sim, sinhô, pricisa gritá desse jeitu com o nêgo, não.

— Bem, então escute! Se você puder se arriscar pelo galho, tão longe quanto conseguir, e não deixar o escaravelho cair, lhe darei uma moeda de prata assim que você descer.

— Tô inu, sinhô Will. Tá feito — respondeu o negro muito prontamente. — Tô quase no finarzin agora.

— Você já chegou ao final! — gritou Legrand. — Está me dizendo que já está na ponta do galho?

— Pertin do fim, sinhô... O-ooooooh! Valei-me, Senhô! Qui é issu im cima da arvre?

— Bem! — gritou Legrand, extremamente entusiasmado. — O que é?

— Uai! Issu pareci uma cavêra, pareci que dexáro a cabeça dele aqui im riba e os côrvo cumêro tudo das carne.

— Uma caveira, você diz! Muito bem! Como ela está apoiada no galho? O que a está prendendo?

— Sei naoum, sinhô. Tenho que oiá. Óia aí uma côisa curiosa... te juro pela minha palavra, teim um pregão que tá grudânu a cavêra no gáio.

— Muito bem, Jupiter, faça exatamente o que eu lhe disser para fazer, entendeu?

— Sim, sinhô.

— Preste atenção, então! Encontre o olho esquerdo da caveira.

— Humm... Eita. Tá bão. Mas num teim ôio esquerdo nenhum.

— Maldita estupidez! Você sabe qual é sua mão direita e qual é a esquerda?

— Cráro qui eu sei. Sei tudu disso. É cá mão isquêrda qui eu racho as lênha.

— Para ter certeza! Você é canhoto, e seu olho esquerdo fica do mesmo lado que sua mão esquerda. Agora, eu suponho que você consiga achar o olho esquerdo na caveira, ou o lugar onde deveria existir um olho esquerdo. Você encontrou?

Aqui houve uma longa pausa. Finalmente, o negro respondeu:

— O ôio isquerdo da cavêra também teim que tá do mermo lado da mão isquerda dele? Pusquê essa cavêra num teim mão, mais tudu beim. Achei o ôio isquerdo agora. Aqui ele. O que faço cum ele?

— Deixe o escaravelho cair pela abertura, até onde o barbante alcançar, mas tenha cuidado para não soltar a corda.

— Tudu feito, sinhô. Foi muitu fárci colocá o bicho pelo buracu. Óia ele lá imbáxo.

Durante toda aquela conversação, nada de Jupiter podia ser visto, mas o escaravelho, que havia sido baixado pelo barbante, era agora visível ao final da ponta e brilhava, como um globo de ouro polido, com os últimos raios solares, alguns dos quais ainda iluminavam debilmente o local onde estávamos de pé. O *scarabeus* permanecia pendurado livre de todos os galhos, e, se caísse de onde estava, cairia aos nossos pés.

Legrand imediatamente pegou a foice e limpou uma área circular, com três ou quatro jardas de diâmetro, logo abaixo do inseto e, tendo feito isso, ordenou que Jupiter soltasse o barbante e descesse da árvore.

Fincando uma estaca com todo o cuidado, no chão, no ponto exato em que o escaravelho estava caído, meu amigo retirou de seu bolso uma fita métrica. Amarrando uma ponta à árvore mais próxima, ele tornou a alcançar a estaca, desenrolando a fita, na direção já estabelecida pelos dois pontos entre a árvore e a estaca, com uma distância de 50 pés. Jupiter limpava as sarças com a foice. No ponto exato ele fixou nova estaca e, ao redor, no centro, fez um círculo rústico, com cerca de 4 pés de diâmetro. Pegando uma pá para si, e entregando uma a Jupiter e outra a mim, Legrand insistiu que começássemos a cavar o quanto antes.

Para falar a verdade, eu nunca tive predileção por tal divertimento, em momento algum, e, naquele instante em particular, teria ansiosamente declinado. À medida que a noite se aproximava, eu sentia a fadiga se apossando por conta do exercício sendo executado. Mas não via escapatória, e temia perturbar a serenidade de meu pobre amigo com minha recusa. Se eu pudesse confiar em Jupiter, totalmente, sequer hesitaria em levar meu amigo lunático para casa, mesmo que à força. Mas estava seguro de que lado estaria a disposição do velho negro, em uma disputa, sob qualquer circunstância, no que tangesse a algum conflito com o mestre.

Eu não tinha dúvidas de que o último estava infectado pelas crendices e inúmeras superstições sulistas a respeito de algum dinheiro enterrado, e em sua fantasia, havia recebido a confirmação ao encontrar o *scarabeus*, ou, talvez, com a obstinação de Jupiter em afirmar que o inseto era um "escaravelho de ouro". Uma mente já propensa a loucuras seria facilmente conduzida a tais sugestões — especialmente se harmonizassem com ideias preconcebidas — e aí eu me recordei do meu velho amigo discursando sobre o inseto ser o "indício de sua fortuna".

Por conta de tudo aquilo, eu estava tristemente aborrecido e intrigado, mas, ao final, resolvi fazer da virtude uma necessidade, e cavei com boa vontade, o quanto antes disposto a convencer o visionário, através de prova ocular, que seu entretenimento não passavam de falácias.

As luzes das lanternas foram acesas, e entregamo-nos ao trabalho com um zelo digno de uma causa mais racional. E, quando a claridade iluminou a nós mesmos e nossos instrumentos, não pude deixar de pensar em quão pitorescos éramos enquanto um grupo, e quão suspeitos e estranhos devíamos parecer em nosso trabalho, a qualquer intruso que, porventura, surgisse por ali.

Cavamos com afinco por duas horas. Pouco foi dito. E nosso embaraço residia nos latidos do cachorro, que mostrava grande interesse em nossa atividade. Ele, ao final, tornou-se tão impertinente que temíamos que acabasse alertando alguns desgarrados que porventura estivessem na vizinhança. Ou, ao menos, esta era a grande preocupação de Legrand. Por mim, eu me regozijaria com qualquer interrupção que acabasse me permitindo levar o alucinado para casa. O barulho foi, finalmente, silenciado por Jupiter, que, saindo do buraco onde se encontrava com um ar resoluto de deliberação, amarrou a boca do bruto com um de seus suspensórios, e depois retornou, com uma risada grave, para sua tarefa.

Quando o tempo acordado expirou, havíamos chegado a uma profundidade de 5 pés, e ainda não havia sinais de qualquer tesouro sendo manifestado. Uma pausa geral seguiu-se e esperei esperançoso que a farsa se encerrasse. Legrand, no entanto, embora evidentemente desconcertado, enxugou a testa, pensativamente, e recomeçou a cavar.

Cavamos todo o círculo de 4 pés de diâmetro, e agora o alargáramos além do limite, ficando mais profundo em largura por 2 pés. Ainda nada à vista. O caçador de ouro, a quem eu sinceramente sentia pena, finalmente pulou do buraco cavado, com todo o desapontamento gravado em seu semblante, e pôs-se, vagarosamente, a vestir o casaco do qual se livrara no início dos trabalhos. De qualquer maneira, não fiz quaisquer observações.

Jupiter, ao sinal de seu mestre, começou a recolher as ferramentas. Com isso feito, e com o cachorro tendo sua mordaça retirada, nos voltamos em profundo silêncio em direção à casa.

Tínhamos dado cerca de, talvez, doze passos naquela direção, quando, com um alto palavrão, Legrand saltou sobre Jupiter, segurando-o pelo colarinho da camisa.

O negro estava estupefato, e arregalou os olhos e boca em sua máxima extensão, deixando cair as pás, até cair de joelhos.

— Seu canalha! — disse Legrand, sibilando as palavras por entre os dentes cerrados. — Negro dos infernos!

Diga-me! Diga agora! Responda-me neste instante, sem enganações! Qual, qual é o seu olho esquerdo?

— Ô, meu Deus, sinhô Will! Num é esse aqui o meu ôio isquerdo? — grunhiu o aterrorizado Jupiter, colocando sua mão no órgão direito da visão e o segurando com desesperada pertinência, como se temesse que seu mestre o pudesse arrancar.

— Bem imaginei! Eu sabia! Uuuhu! — vociferou Legrand, deixando o negro ir, e executando uma série de piruetas e cambalhotas, o que deixou o criado espantando, fazendo com que, ao erguer-se do chão, olhasse de seu mestre para mim, e de mim, para seu mestre.

— Vamos! Devemos voltar! — disse este último. — O jogo ainda não está perdido!

E ele voltou novamente a liderar o caminho para o tulipeiro.

— Jupiter — disse ele, quando o alcançamos em seus passos. — Venha aqui! A caveira estava pregada no galho com face para cima ou com a face para o galho?

— A cavêra tava cá face pá fora, sinhô, pur issu os côrvo cunsiguiru chegá nus ôio, sem pobrema.

— Bem, então, foi este o olho pelo qual você jogou o escaravelho? — Ali Legrand tocou cada um dos olhos de Jupiter.

— Foi êsse ôio, sinhô, u isquêrdo, du jeitu como o sinhô dissi. — E ali estava o olho direito que Jupiter indicava.

— Isto deve servir. Devemos tentar novamente.

Ali meu amigo, cuja loucura eu podia divisar, ou imaginava ver, com alguns indícios metódicos, removeu a estaca que marcava o ponto exato onde o escaravelho caiu, para um ponto cerca de 3 polegadas para oeste na mesma posição. Tomando, agora, a fita métrica do ponto mais próximo da árvore à estaca, como antes, e continuando a estendê-la até a uma distância de 50 pés, em um ponto indicado, afastado por várias jardas do ponto em que estivéramos cavando.

Ao redor da nova posição, um círculo, um tanto quanto maior que o anterior, agora fora traçado e novamente começamos a trabalhar com as pás. Eu estava terrrivelmente cansado, mas, pouco compreendendo o que havia ocasionado a mudança em meus pensamentos, não senti mais nenhuma aversão ao trabalho imposto. Tinha me tornado inexplicavelmente interessado — humm, estava, sim, excitado. Talvez houvesse mesmo, apesar de todo o comportamento extravagante de Legrand, um ar de previsão, ou deliberação, que me impressionava.

Cavei com ânsia e, vez ou outra, pegava a mim mesmo apenas olhando, com tal semblante expectante por tão imaginado tesouro, visão esta que havia levado à demência meu tão desafortunado amigo. Enquanto os devaneios de meus pensamentos se apossavam grandiosamente de mim, e quando talvez tenhamos estado trabalhando por aproximadamente uma hora e meia, fomos novamente interrompidos pelos violentos latidos do cão. Sua inquietação, de um primeiro momento, havia sido, evidentemente, resultado de capricho e fanfarrice, mas agora ele assumia uma atitude séria e implacável. Ante a nova tentativa de Jupiter em amordaçá-lo, apresentou furiosa resistência, e, pulando dentro do buraco, começou a cavar a terra freneticamente com suas garras. Em poucos segundos ele havia descoberto uma massa de ossos humanos, formando dois esqueletos completos, entremeados de vários botões de metal, e do que parecia ser o resquício de poeira de lã esfarrapada. Um ou dois golpes de pá levaram à descoberta de uma lâmina de faca espanhola e, à medida em que cavávamos mais fundo, três ou quatro peças de moedas de ouro e prata vieram à luz.

À vista disso, a alegria de Jupiter foi quase impossível de ser contida, mas a fisionomia de seu mestre mostrava um ar de extremo desapontamento. Ele nos incitou, entretanto, a que continuássemos nosso trabalho, e as palavras mal acabaram de ser pronunciadas quando tropecei e caí adiante, tendo prendido a ponta da minha bota em um largo anel de ferro que repousava semi-enterrado na terra batida.

Agora trabalhávamos com bastante ansiedade, e nunca antes tinha passado tais momentos de tamanha excitação.

Durante este intervalo, havíamos praticamente desenterrado um cofre retangular de madeira que, por sua perfeita conservação e maravilhosa resistência, deixava evidente ter sofrido algum tipo de processo de mineralização — talvez o de bi-cloreto de Mercúrio. Esta caixa tinha 3 pés e meio de comprimento, 3 pés de largura e 2 pés e meio de profundidade. Estava firmemente lacrada por aros de ferro fundido rebitados que formavam uma espécie de grade treliçada em volta. Em cada lado do baú, próximo à tampa, havia três anéis de ferro, seis ao todo, que demonstravam que facilmente poderia ser erguido por seis pessoas. Nossos maiores esforços reunidos serviram tão somente para mover o mínimo do cofre do lugar onde repousava. Percebemos imediatamente a impossibilidade de remover tão grande peso. Por sorte, as únicas trancas da tampa consistiam de dois ferrolhos corrediços, os quais puxamos com bastante ansiedade, tremendo e ofegando em excitação.

Em um instante, um tesouro de incalculável valor derramou seu brilho sobre nós. À medida que os feixes de luz de nossas lanternas insidiam sobre o buraco onde estávamos, o brilho iridescente cintilava e resplandecia, de uma confusa massa de ouro e joias, que absolutamente ofuscavam nossos olhos.

Não pretendo descrever os sentimentos que se apoderaram de mim ao contemplar aquilo tudo. Espanto, com toda a certeza, era o que predominava. Legrand parecia exausto tamanha sua excitação, e falava muito poucas palavras. Jupiter apresentou, por alguns minutos, uma palidez mortal, tanto quanto possível, na ordem natural das coisas, destoando do tom negro de sua pele. Ele parecia estupefato, bestificado.

Imediatamente deixou-se cair de joelhos no buraco e, enterrando os braços nus até os cotovelos em todo aquele ouro, deixou-os ali, como se estivesse desfrutando de um luxuriante banho. Finalmente, com um profundo suspiro, exclamou, mais para si mesmo:

— I tudu isso du escaravéio di ôro! Du bunitu escaravéio di ôro. Du pobi coitado escaravéio di ôro, qui eu xinguêi di todo jeito. Tu num teim vregonha, nêgo véi? Hein?

Fez-se necessário que eu despertasse tanto mestre quanto criado, para a urgência em remover o tesouro. Estava ficando muito tarde, e era importante que agíssemos e aprontássemos tudo antes da primeira luz da manhã. Era difícil dizer o que deveria ser feito, e muito tempo foi gasto com deliberações, tão confusas eram as ideias ofertadas.

Nós, finalmente, aliviamos o peso do cofre, removendo dois terços de seu conteúdo, e só assim fomos capazes, com grande dificuldade, de erguê-lo do buraco. Os objetos que foram retirados do cofre foram deixados dentre as sarças, e o cachorro ficou de guarda, com ordens estritas de Jupiter para, sob nenhum pretexto, sair de perto daquele ponto, nem mesmo para abrir sua boca, até que retornássemos.

Então, apressadamente nos dirigimos para casa com o cofre. Quando alcançamos a cabana em segurança, depois de excessivo esforço, já passava da uma da manhã. Esgotados como estávamos, era humanamente impossível fazer mais alguma coisa imediatamente.

Descansamos até às duas, e comemos uma refeição. Voltamos às colinas imediatamente logo após, munidos de três resistentes sacos, que, por boa sorte, encontramos ao nosso dispor. Pouco antes das quatro chegamos ao buraco, dividimos o restante dos espólios, o mais igualmente possível, entre nós, deixando os buracos abertos, e, partindo de volta à cabana, à qual, pela segunda vez, depositamos nossas cargas de ouro, exatamente quando os primeiros raios da manhã brilhavam do topo das árvores ao leste.

Estávamos, agora, completamente esgotados, mas a intensa excitação do momento não nos permitia um descanso. Depois de um sono inquieto de cerca de três ou quatro horas de duração, levantamo-nos e, como se houvéssemos combinado, fomos examinar nosso tesouro.

A arca estava cheia até o topo e passamos o dia inteiro, bem como grande parte da noite seguinte, em um inventário de seu conteúdo. Não havia ordem ou arranjo adotado. Tudo havia sido amontoado misturadamente. Tendo classificado tudo com cuidado, encontramo-nos possuidores de uma riqueza muito maior do que supúnhamos a princípio. Em moedas, devia haver algo mais que 450 mil dólares. Estimando os valores das peças do dinheiro, tão acuradamente quanto podíamos ser, de acordo com a tabela da época. Não havia nada de prata. Tudo era ouro datado de antigamente, de grande variedade — França, Espanha, e moeda alemã, com alguns guinéus ingleses, bem como miúdos que nunca tínhamos visto antes.

Havia diversas moedas largas e pesadas, tão desgastadas que mal se podia enxergar suas inscrições. Não havia nenhum dinheiro americano. O valor das joias foi onde encontramos maior dificuldade em estimar. Havia diamantes, alguns que excediam em largura e beleza — cento e dez ao todo, e nenhum deles era de tamanho pequeno. Dezoito rubis de brilho incomparável, trezentos e dez esmeraldas, todas lindíssimas; vinte e uma safiras e um opala. Todas essas pedras haviam sido demovidas de seus entalhes e jogadas de qualquer maneira no cofre. Os próprios entalhes de onde as joias foram removidas pareciam ter sido alvejados com martelos, como se para dificultar sua identificação. Além de tudo isso, havia uma quantidade imensa de ornamentos em ouro sólido. Aproxidamente duzentos anéis e brincos, correntes riquíssimas, trinta ao todo, e se bem me lembro, oitenta e três crucifixos grandes e pesados. Cinco suportes dourados para incensos, de grande valor, uma prodigiosa taça dourada, ornamentada com folhas de parreira cinzeladas e figuras de Bacco. Dois punhos de espadas gravados de maneira majestosa em alto relevo, e muitos outros objetos menores que agora não consigo me lembrar. O peso de todos estes itens devia exceder 350 libras, bem pesadas. E nesta estimativa, não contabilizei os cento e noventa e sete relógios soberbos de ouro, três dos quais valiam 500 dólares, cada. Muitos deles eram muito antigos, e para marcar o tempo eram imprestáveis, os ponteiros tendo sofrido a ação corrosiva do tempo, mas muitos destes eram cravejados de joias e estavam armazenados em estojos de extremo valor.

Estimamos o conteúdo daquele cofre, naquela noite, em algo em torno de um milhão e meio de dólares, e quando depois, subtraímos pingentes e joias — poucas sendo extraídas para nosso próprio uso —, ficou claro que subestimamos enormemente o valor de todo aquele tesouro. Quando afinal, concluímos nosso exame minucioso, com a excitação abundante que o tempo nos dispunha, de alguma forma, tendo diminuído, Legrand, que percebeu que eu estava morrendo de curiosidade em desvendar tão grande e extraordinário mistério, passou a detalhar, inteiramente, os detalhes circunstanciais que estavam conectados àquilo.

— Você se lembra — disse ele — aquela noite quando lhe mostrei o esboço mal feito que fiz do *scarabeus*? Você se lembra também, de como fiquei zangado contigo, quando insistiu que meu desenho se assemelhava a uma caveira? Quando você fez essa afirmativa, em um primeiro momento, imaginei que estivesse brincando. Mas, depois de observar as manchas específicas e peculiares nas costas do inseto, tive que admitir que sua observação tinha algum fundamento. Ainda assim, a zombaria de minha capacidade gráfica me irritou, pois sou considerado mui bom artista, e, portanto, quando você me devolveu o pedaço de pergaminho, estive a ponto de rasgá-lo e jogá-lo com ira no fogo.

— O pedaço de papel, você quer dizer — disse eu.

— Não. Ele era muito parecido a um papel, e em um primeiro instante, supus que o fosse, mas quando fui desenhar sobre ele, descobri, imediatamente, que era um fino pedaço de pergaminho. Estava bastante sujo, se você se recorda. Bem, quando eu estava para amarrotá-lo, para meu total espanto, meu olhar recaiu sobre o desenho que você esteve olhando, e percebi, de fato, a figura de uma caveira, exatamente ali, onde para mim, eu havia feito o desenho do inseto. Por um instante fiquei muito admirado para pensar com clareza. Eu sabia que meu desenho diferia em muitos detalhes daquele, embora houvesse uma similaridade no geral. Tomei uma vela e me sentei no lado oposto da sala, disposto a olhar com escrutínio o pergaminho, bem de perto. Quando virei ao contrário, eu vi meu desenho do lado inverso, assim como eu o tinha feito. Minha primeira ideia foi, então, a de simples surpresa, pela similaridade das linhas e contornos, bem como pela singular coincidência envolvendo o fato, até então desconhecido para mim, de que houvesse um crânio do lado inverso do pergaminho, no ponto oposto ao meu desenho do *scarabeus*, e que aquele crânio fosse quase tão idêntico ao meu desenho. Eu digo que a singularidade deste fato me deixou estupefato por algum tempo. Este é o efeito normal dessas coincidências. A mente luta para estabelecer conexões, uma sequência de causa e efeito, e, sendo incapaz de fazê-lo, sofre uma espécie de paralisia temporária. Mas, quando me recobrei deste estupor, irrompeu em mim a convicção gradual que chocou muito mais do que a própria coincidência. Comecei, de maneira distinta e positiva, a me lembrar de que não havia desenho algum sobre o pergaminho quando fiz meu esboço do *scarabeus*. Tornei-me perfeitamente consciente disso. E sei disso porque me lembro de ter virado o papel de um lado a outro, em busca de um ponto mais limpo. Se o crânio estivesse ali, eu positivamente não poderia ter deixado de notá-lo. Havia com certeza um mistério que eu achava difícil de explicar. Mas naquele momento, pareceu cintilar, fracamente, com a mais remota e secreta câmara do meu intelecto, uma concepção fulgurante da verdade, de que talvez a aventura da noite tenha me trazido tão magnificente demonstração.

— Ergui-me de uma vez, coloquei o pergaminho em um local seguro e deixei para refletir até que estivesse sozinho.

— Quando você saiu, e Jupiter foi dormir, coloquei-me em uma investigação minuciosa e metódica de todo o ocorrido. Em um primeiro lugar, considerei a forma como o pergaminho veio parar em minhas mãos. O ponto exato onde descobrimos o *scarabeus* foi na costa do continente, cerca de uma milha do lado leste da ilha e apenas a uma curta distância acima da maré alta. Quando o agarrei, ele me deu uma mordida que me fez largá-lo imediatamente. Jupiter, muito mais precavido, antes de pegar o inseto, que voou em sua direção, acertou-o com uma folha, ou algo dessa natureza, no qual usou também para contê-lo. Foi naquele momento que meus olhos, e também os dele, caíram sobre o pedaço de pergaminho, que supus ser um papel. Estava largado na areia, meio enterrado, apenas uma ponta para fora. Próximo ao local onde o encontramos, observei o que se parecia com os restos de um casco de um bote de navio. Os pedaços pareciam estar ali desde muito tempo, e os traços de um bote podiam ser parcamente distinguidos.

— Bem, Jupiter apanhou o pergaminho, enrolou o escaravelho nele e o entregou a mim. Logo depois voltamos para casa e, no caminho, encontramos o Tenente G. Mostrei-lhe o inseto e ele me implorou para que o deixasse levá-lo ao Forte.

— Com o meu consentimento, ele o colocou em seu bolso do colete, sem o pergaminho no qual tinha sido enrolado e cujo qual mantive firmemente em minhas mãos durante sua inspeção do inseto. Talvez ele achasse que eu mudaria de ideia e pensou que fosse melhor se apressar com o prêmio, rapidamente. Bem sabes o quão entusiasta ele pode ser com assuntos concernentes à História Natural. Ao mesmo tempo, é capaz que eu tenha, sem tomar consciência disso, colocado o pergaminho dentro do meu próprio bolso.

— Você se lembra que quando fui à mesa, com a intenção de fazer o esboço do desenho do escaravelho, não encontrei nenhum papel onde usualmente guardo. Olhei em todas as gavetas e não achei nenhum. Procurei em meus bolsos, esperando encontrar uma carta velha, quando senti o pergaminho. Estou pormenorizando os fatos de como isto veio parar em meu poder, porque as circunstâncias me impressionam de maneira peculiar.

— Sem dúvida alguma você pensará que estou sendo fantasioso, mas eu realmente já estabeleci uma ligação. Consegui conectar dois elos de uma corrente. Havia um bote caído sobre a costa marítima e não tão distante dele, um pergaminho. Não um papel qualquer, com um crânio pintado nele. Você irá, com certeza, se perguntar: Onde está a conexão? E te digo que aquele crânio, ou caveira, é na verdade o tão conhecido emblema dos piratas. A bandeira da caveira é içada em todos os seus empreendimentos. Eu disse que aquilo era um pergaminho, e não um pedaço de papel. O pergaminho é durável, praticamente imperecível.

— Essas pequenas questões momentâneas raramente são designadas a pergaminhos, desde que, para fins ordinários de escrita e desenho, não é tão bem adaptado quanto papel. Esta reflexão sugeria algum significado, alguma relevância, a respeito da caveira. Eu não falhei nessa observação, contudo, no formato do pergaminho. Embora um dos cantos tenha sido, talvez por acidente, destruído, dava para perceber que o formato original era um retângulo. Era mais como uma nota, na verdade, como deveria ser um memorando, fora feito para registrar algo a ser lembrado e cuidadosamente preservado.

— Mas — eu o interrompi — você diz que o crânio não estava no pergaminho quando desenhou o escaravelho. Como então você conseguiu estabelecer uma conexão entre o bote e o crânio, uma vez que este último, de acordo com suas próprias palavras, já estivera desenhado (Deus sabe como ou por quem) em algum momento posterior ao seu esboço do *scarabeus*?

— Ah, aqui reside todo o mistério. Embora o segredo, a esta altura, eu tenha tido uma pouca dificuldade em solucionar. Meus passos eram certos, e só poderiam alcançar um único resultado. Raciocinei, por exemplo, isto: Quando desenhei o *scarabeus* não havia nenhum crânio aparente no pergaminho. Quando terminei, entreguei a você e o observei atentamente até que me devolvesse. Você, em contrapartida, não desenhou a caveira, e ninguém mais estava presente para fazê-lo. Então não poderia ter sido executado por ação humana. E, no entanto, foi feito.

— Naquele estágio de minhas reflexões, tentei lembrar-me, e realmente me lembrei, com bastante distinção, cada pequeno incidente que tenha ocorrido durante o momento em questão. O clima estava frio — Oh, que raro e feliz incidente! —, e o fogo estava ardendo sobre a lareira. Eu estava aquecido pelo exercício e sentado próximo à mesa. Você, no entanto, havia arrastado uma cadeira para perto da chaminé. Assim que coloquei o pergaminho em sua mão, e enquanto você o tomava e o inspecionava, Wolf, o cão Terra-Nova, entrou e pulou sobre seus ombros. Com sua mão esquerda, você o acariciou e o afastou, enquanto sua mão direita, a que retinha o pergaminho, caiu indiferente em seus joelhos, e muito próximo do fogo. Por um instante pensei que a chama o teria apanhado e estava em vias de alertá-lo, mas, antes que pudesse falar algo, você o afastou e pôs-se a examiná-lo.

— Quando considerei todas essas particularidades, não duvidei por nenhum momento que o calor tenha sido o catalisador em trazer à luz, sobre o pergaminho, a caveira que vi desenhada ali. Você está bem ciente de que preparados químicos existem, existiram desde sempre, de forma que é bem possível que se possa escrever sobre qualquer papel ou velino, permitindo que os caracteres somente se tornem visíveis quando sujeitos à ação do fogo. Óxido de Cobalto dissolvido em água régia e diluído em quatro vezes seu peso líquido, é muitas vezes empregado. O resultado é uma tinta de cor verde. O régulo de Cobalto, dissolvido em ácido nítrico, nos dá um vermelho. Essas cores desaparecem por longos ou curtos períodos depois de o material esfriar, mas ficam aparentes, novamente, quando são sujeitos à ação do calor.

— Examinei então a caveira com muito cuidado. A borda exterior, mais próxima da ponta do velino, era muito distinta em comparação às outras. Era óbvio que a ação do produto calórico havia sido imperfeita ou desigual. Imediatamente acendi o fogo e submeti cada porção do pergaminho a um calor ardente.

— De início, o único efeito foi o fortalecimento das linhas enfraquecidas da caveira. Mas, depois de perseverar com o experimento, ficou bastante visível, num canto da faixa, diagonalmente oposto ao ponto onde o crânio estava delineado, a figura de algo que supus ser uma cabra. Uma análise minuciosa, todavia, mostrou-me que se tratava de um cabrito.

— Ha! Ha! — disse eu — Asseguro que não tenho direito algum de rir de você, um milhão e meio em dinheiro é algo muito sério a se tratar, mas você não está exatamente estabelecendo um terceiro elo em sua corrente. Você não vai encontrar nenhuma conexão especial entre piratas e uma cabra. Piratas, como você bem sabe, não têm nada a ver com cabras; elas pertencem aos interesses agrícolas.

— Mas acabei de dizer que a figura não era a de uma cabra.

— Bem, um cabrito, então. Quase a mesma coisa.

— Quase, mas não inteiramente — disse Legrand. — Talvez você tenha ouvido falar de um Capitão Kidd. Por minha parte, olhei para a figura do animal e a considerei mais como uma espécie de código ou assinatura hieróglifa. E digo assinatura porque a posição em que se encontrava no velino sugeria isso. A caveira no canto diagonal oposto tinha do mesmo modo, o aspecto de uma estampa, ou selo.

— Mas fiquei angustiado pela ausência de algo mais, do todo do meu imaginado objeto, ou do texto do meu contexto.

— Presumo, então, que você esperava encontrar uma carta entre o selo e a assinatura.

— Algo desse tipo. O fato é, que, fiquei irresistivelmente impressionado com o pressentimento de alguma vasta fortuna pendente. Mal posso dizer o porquê. Talvez, afinal de contas, fosse apenas um desejo e não uma crença real. Mas você sabe que as palavras tolas de Jupiter, a respeito do escaravelho ser feito de ouro maciço, tiveram um efeito notável em minha imaginação? E então, uma série de acasos e coincidências... acabaram se revelando tão extraordinários. Percebeu que em um desses acasos, tenha acontecido exatamente no único dia do ano que fora frio o suficiente para que acendêssemos a lareira, e que, sem o fogo, ou sem a interferência do cão no momento exato em que surgiu, eu nunca teria me dado conta da caveira e, nunca seria o possuidor desse tesouro?

— Mas continue... estou impaciente.

— Bem, você deve ter ouvido, claro, as muitas histórias que circulam, mil boatos a respeito de um dinheiro enterrado, em algum lugar da costa do Atlântico, por Kidd e seus comparsas. Esses rumores deviam ter algum fundamento afinal. E a razão para que os rumores existissem por tanto tempo e se prolongassem, pode ser resultado, me parece, apenas pelas circunstâncias de que o tesouro enterrado ainda permanecia oculto.

— Tivesse Kidd escondido o tesouro pilhado por um tempo, e depois o recuperado, os rumores dificilmente nos alcançariam no tempo presente em suas mais variadas versões. Você pode perceber que as histórias contadas são todas a respeito de caçadores de tesouros, não sobre os que os encontraram. Se o pirata tivesse recuperado o dinheiro, esses boatos estariam encerrados. Pareceu para mim que, por alguma razão, digamos que a perda de alguma nota que indicava a localização, o tenha privado dos meios de recuperar o tesouro e este acidente ficou conhecido por seus comparsas, que de nenhuma outra maneira tenham ouvido falar que o tesouro tenha sido escondido, e que, em tentativas vãs, e inúteis, para recuperá-lo, acabaram dando origem ao boato e espalhando ao que agora se tornou relato comum. Você já tinha ouvido falar de um importante tesouro sendo desenterrado ao longo da costa?

— Nunca.

— Mas é bem sabido que a fortuna acumulada por Kidd é imensa. E tomei como certo que, de alguma forma, a terra ainda a conservava escondida. E você não ficará surpreso quando lhe disser que senti uma ponta de esperança, quase chegando à certeza, de que o pergaminho tão estranhamento encontrado, envolvesse o registro perdido do local do esconderijo.

— Mas como você percebeu?

— Eu segurei o velino novamente contra o fogo, depois de aumentar o calor, mas nada apareceu. Cheguei a pensar que a camada de sujeira pudesse ter algo a ver com meu fracasso. Então cuidadosamente limpei o pergaminho, derramando água morna sobre ele, e, tendo feito isso, o depositei em uma caçarola de latão, com a caveira posicionada para baixo, e coloquei a caçarola na fornalha do fogão à lenha. Em poucos minutos, tendo a panela ficado bastante aquecida, removi a folha e, para minha completa alegria, encontrei salpicado, em vários locais, o que se pareciam com figuras ordenadas em linhas. Novamente coloquei a folha na caçarola e esperei mais um minuto. Após retirá-la, tudo estava tal qual como você pode ver agora.

E então, Legrand, tendo reaquecido o pergaminho, o submeteu à minha inspeção. Os caracteres que se seguiam estavam rudemente traçados, em tinta vermelha, entre a caveira e o cabrito.

"53%%+305))6*;4826)4%)4%;806*;48+8¶60))85;1%

):%*8+83(88)5*+

;46(;88*96*?;8)*%(;485);5*+2:*%(;4956*2(5*-

4)8¶8*;40692

85);)6+8)4%%;1(%9;48081;8:8%1;48+85;4)485+528806

*81(%9;48;

(88;4(%?34;48)4%;161;:188;%?;"

— Mas — disse eu, devolvendo-lhe o papel. — Continuo no escuro tanto quanto antes. Mesmo se todas as joias de Golconda estivessem à minha espera por conta da solução deste enigma, tenho absoluta certeza de que nunca as ganharia.

— E contudo — disse Legrand —, a solução de modo algum é tão difícil como você poderia ser levado a imaginar à primeira vista apressada na inspeção dos caracteres. Esses caracteres, como qualquer um pode prontamente adivinhar, formam uma cifra, por assim dizer, que levam a um significado. Mas aí, pelo que se conhece de Kidd, eu não poderia supô-lo em sua capacidade de criar qualquer criptografia de difícil compreensão. Achei, imediatamente, que esta era de uma espécie mais simples, ainda que, pudesse parecer, para o intelecto rude do marinheiro, algo indissolúvel, sem a chave.

— E você realmente decifrou isto?

— Facilmente. Já decifrei outras, dez mil vezes mais complicadas que esta. Circunstâncias e um certo desvio da mente levaram-me a me interessar por tais enigmas e pode-se duvidar de que a ingenuidade humana seja capaz de criar um enigma de uma espécie, que outra ingenuidade humana, através dos devidos meios, não consiga solucionar. De fato, uma vez que rearranjei e conectei os caracteres legíveis, sequer dei importância à mera dificuldade em descobrir-lhes o significado.

— No caso presente, na verdade, em todos os casos que envolvem escritas secretas, a primeira questão diz respeito à língua cifrada, pois os princípios para a solução, especialmente no que diz respeito às cifras simples, dependem e variam do gênio do idioma em particular. Em geral, não há alternativa a não ser experimentar, através das probabilidades, em cada língua conhecida a ele até que se chegue à decifração. Mas, nesta cifra que temos diante de nós, toda a dificuldade foi removida, graças à assinatura. O trocadilho com a palavra "Kidd"* só é perceptível no idioma inglês. Sem esta consideração, eu teria iniciado minhas tentativas com o espanhol ou francês, idiomas estes que um segredo dessa espécie poderia ser facilmente escrito por um pirata das terras espanholas. Como previsto, assumi que a criptografia fosse em inglês.

— Observe você que não há divisões entre as palavras. Se houvesse, a tarefa teria sido relativamente mais fácil. Em tal caso, teria eu começado com uma comparação e análise das palavras curtas, e, havendo uma palavra de apenas uma letra, como "a" (um) ou "i" (eu), por exemplo, haveria considerado, certamente, a solução. Mas, havendo as divisões, meu primeiro passo foi averiguar as letras predominantes, assim como as menos frequentes. Contabilizando todas, estabeleci uma tabela, como esta:

De todos os caracteres, o número 8 aparece 33 vezes;
O sinal ; (ponto e vírgula) aparece 26 vezes;
O número 4 aparece 19 vezes;
O sinal % aparece 16 vezes;
O sinal * (asterisco) aparece 13 vezes;
O número 5 aparece 12 vezes;
O número 6 aparece 11 vezes;
O sinal (aparece 10 vezes;

* "Kidd", em inglês, tem o significado de "criança", enquanto "kid" pode designar tanto "criança" quanto "cabrito", por isso o trocadilho. (Nota da Editora.)

O sinal) aparece 16 vezes;
O sinal + (mais) aparece 8 vezes;
O número 1 aparece 8 vezes;
O número 0 aparece 6 vezes;
O número 9 aparece 5 vezes;
O número 2 aparece 5 vezes;
O sinal : (dois pontos) aparece 4 vezes;
O número 3 aparece 4 vezes;
O sinal ? (interrogação) aparece 3 vezes;
O sinal ¶ aparece 2 vezes;
O sinal - (menos) aparece 1 vez;
O sinal . (ponto) aparece 1 vez.

— Pois bem, em inglês, a letra que mais aparece é o E. Depois disso, a sucessão acontece da seguinte forma: _a o i d h n r s t u y c f g l m w b k p q x z_. O E predomina de maneira tão singular que raras são as frases em que ele não seja a letra principal.

— Aqui, então, temos, já de início, uma base para algo muito maior do que uma simples charada. O uso evidente que se pode observar nessa tabela é muito óbvio, mas, nessa cifra, em particular, devemos requerer parcialmente seu auxílio.

— Como o caractere que prevalece é o número 8, começamos por assumir que seu valor é o E, no alfabeto natural. Para atestar essa suposição, vamos observar que o 8 pode ser visto em duplas, pois o E se duplica, com grande frequência, no inglês, em algumas palavras, como, por exemplo: meet, fleet, speed, been, agree etc.

— No caso presente, nós a vemos duplicada não menos que cinco vezes, embora o criptograma seja curto.

— Assumamos, pois que, o 8 seja o E. Agora, de todas as palavras da língua, "the" é a mais comum. Vejamos, portanto, se não há repetições de outros três caracteres, na mesma ordem de colocação, o último deles sendo o 8.

— Se descobrirmos repetições dessas letras arranjadas, então provavelmente elas representarão a palavra "the". Após inspeção, encontramos nada menos que sete combinações dos caracteres ;48. Podemos, portanto, assumir que ; representa T, 4 representa H e 8 representa E, estando este último bem confirmado. Assim, um grande passo foi dado.

— Mas, tendo determinado uma única palavra, estamos aptos a estabelecer um ponto vastamente importante, isto é, muitos inícios e términos de outras palavras. Vamos nos ater, por exemplo, na penúltima combinação, onde o ;48 aparece, não tão distante do final da cifra. Sabemos que, o sinal ; que vem logo depois é o começo da palavra, e, os seis caracteres que sucedem o "THE", conhecemos não menos que cinco. Vamos substituir estes caracteres, pois, pelas letras que sabemos que eles representam, deixando o espaço para o desconhecido — teeth.

— Aqui somos capazes, de uma vez por todas, a descartar o th, sendo que este não forma ou inicia palavra alguma começando com o primeiro T; pois, experimentando o alfabeto inteiro sucessivamente com suas letras preenchendo as lacunas, podemos perceber que nenhuma palavra pode ser formada desta porção "th". Estamos, assim, limitados ao "T ee", e percorrendo o alfabeto, se necessário, como antes, chegamos à palavra 'tree' (árvore), como única possibilidade legível.

— Além de outra letra, o R, representado pelo sinal (, há a justaposição das palavras "the tree". Olhando além dessas palavras, de uma curta distância, novamente podemos reparar na combinação ;48, e a utilizamos de forma que sua terminação seja imediatamente o que a precede. Temos então este arranjo:

"The tree ;4(% ? 34 the, ou, substituindo pelas letras reais os sinais conhecidos, pode-se ler da seguinte forma:

"The tree thr% ?3h the.

— Agora, se, no lugar dos caracteres desconhecidos, nós deixássemos os espaços em branco, ou substituíssemos por pontos, realmente leríamos: "the tree thr...h the, quando a palavra "through" se mostra evidente, afinal. Mas esta descoberta nos dá três novas letras, O, U e o G, representados pelos %, ? e 3.

— Olhando agora, atentamente, através da cifra, combinações de caracteres conhecidos, encontramos, não muito distante do início, esta combinação: 83(88, ou seja, "egree", o que significa, claramente, que é uma conclusão para a palavra "degree", e nos dá outra letra, D, representada por +.

— Quatro letras além da palavra "degree", podemos notar a combinação ;46(;88. Traduzindo estes caracteres conhecidos, e representando os desconhecidos por pontos, como antes, leremos: "th rtee." Uma combinação muito sugestiva para a palavra "thirteen", e de novo, nos fornece mais dois novos caracteres, I e N, representados pelo 6 e *. Voltando agora, ao início do criptograma, encontramos essa combinação: 53%%+. Que sendo traduzida, como antes, nos dá a palavra "good", o que nos assegura que a primeira letra é um A, e as primeiras palavras são: "A good".

— Agora é tempo de organizar nossa chave, com o que já foi descoberto, em forma de uma tabela, para evitar confusão. Isso nos deixa com o seguinte:

5 representa A
+ representa D
8 representa E
3 representa G
4 representa H
6 representa I
* representa N
% representa O
(representa R
; representa T
? representa U

— Temos, portanto, nada menos que dez das mais importantes letras representadas, e torna-se desnecessário prosseguir com os detalhes para a solução. Já lhe disse o suficiente para convencê-lo de que cifras dessa natureza são facilmente solucionáveis, e para lhe dar um vislumbre de como elas se desenvolvem racionalmente. Mas esteja seguro de que a natureza do que está diante de nós é das mais simples na criptografia. Resta agora apenas lhe transmitir a tradução completa dos caracteres do pergaminho, depois de decifrados.

Aqui está:

— "A good glass in the bishop's hostel in the devil's seat forty-one degrees and thirteen minutes northeast and by north main branch seventh limb east side shoot from the left eye of the death's-head a bee line from the tree through the shot fifty feet out."*

— Mas — disse eu —, o enigma parece estar em uma péssima condição de todo jeito. Como é possível extrair um significado desses jargões sobre "cadeira do diabo", "caveira" e "hotel do bispo"?

— Eu confesso — replicou Legrand —, que a questão ainda se apresenta com um aspecto sério, se quando observada de modo superficial. Meu primeiro esforço foi dividir as frases pela ordem natural, pretendida pelo criptografista.

* "Um bom vidro no hotel do bispo à cadeira do diabo quarenta e um graus e treze minutos a nordeste e ao norte do sétimo galho do lado leste do tronco principal atires do olho esquerdo da caveira por um caminho mais curto da árvore através de um tiro de cinquenta pés de distância." (Tradução livre.)

— Você diz, pontuando as frases?

— Algo desse tipo.

— Mas como foi possível fazê-lo?

— Pensei que deve ter havido uma razão para o autor transcrever as palavras juntas, sem separá-las, com o intuito de dificultar uma tradução. Veja, um homem não muito esperto, ao perseguir tal objeto seria quase certo superestimar o assunto. Quando, no decorrer da redação, ele chegasse a uma pausa no assunto, o que requereria, naturalmente, uma vírgula, ou ponto, ele seria extremamente capaz de amontoar os caracteres, naquele lugar, mais juntos do que geralmente são. Se você observar o manuscrito, aqui presente, facilmente será capaz de detectar cinco casos de agrupamento incomum. Partindo desse palpite, fiz a seguinte divisão:

— 'Um bom vidro no hotel do bispo, à cadeira do diabo — quarenta e um graus e treze minutos —, a nordeste e ao norte — do sétimo galho do lado leste do tronco principal —, atires do olho esquerdo da caveira — por um caminho mais curto da árvore, através de um tiro de cinquenta pés de distância.

— Mesmo essa sequência — falei —, ainda me deixa no escuro.

— Também me deixou no escuro — replicou Legrand —, por muito dias, durante os quais diligentemente questionei, na vizinhança da Ilha Sullivan, por qualquer edifício com o nome de Hotel do Bispo, que, obviamente, substituí do obsoleto nome "hostel". Não obtendo nenhuma informação a respeito, estava já a ponto de estender a esfera de minhas pesquisas, e executar um método mais sistemático, quando, certa manhã, adentrou em minha mente, de maneira súbita, que, o tal Hotel do Bispo, poderia ser uma referência a alguma família antiga, cujo sobrenome Bessop, remontava de tempos remotos e, que possuíam uma mansão ancestral, cerca de 4 milhas a nordeste da Ilha.

— Consequentemente, fui até a fazenda, e restaurei minhas pesquisas entre os negros mais idosos do lugar. Afinal, uma das mulheres mais velhas disse ter ouvido falar sobre um castelo dos Bessop, e achava que poderia me guiar até o lugar, mas calhou que não era um castelo ou uma taverna, e sim um grande rochedo.

— Ofereci pagar-lhe por todo o trabalho, e, após certa hesitação, ela consentiu em acompanhar-me ao ponto exato. Achamos sem grandes dificuldades, e somente quando a enviei de volta, passei a examinar o local. O "castelo" consistia de um aglomerado irregular de penhascos e rochedos, sendo que o último era digno de nota, tanto por sua altura, quanto por sua aparência isolada e artificial. Escalei o cume e senti-me meio perdido sobre o que deveria fazer a seguir.

— Enquanto me ocupava em reflexões, meus olhos caíram sobre uma saliência estreita na rocha, talvez uma jarda abaixo do pico onde eu estava. Esta saliência projetava-se 18 polegadas, e não passava de um pé de largura, enquanto um nicho no penhasco, logo acima, dava-lhe a rude semelhança a uma cadeira com respaldo côncavo, usada por nossos ancestrais. Não tive dúvidas de aquela ali deveria ser a "cadeira do diabo", que o manuscrito aludia, e agora eu parecia apreender todo o segredo do enigma.

— O bom vidro, eu sabia, poderia fazer referência a nada mais que um telescópio, já que a palavra "vidro" raramente é empregada em outro sentido pelos marinheiros. Logo vi, então, que um telescópio deveria ser usado, em determinado ponto de vista, não admitindo variação de onde ser usado. Sequer hesitei em acreditar que aquelas frases, "quarenta e um graus e treze minutos", e "nordeste a norte", deveriam ser direções para o posicionamento do nivelamento do telescópio.

— Extremamente excitado por essas descobertas, apressei-me para casa, procurei por um telescópio e retornei ao rochedo. Posicionei-me na saliência e descobri ser impossível sentar-me sobre qualquer lugar, salvo uma posição especial. Este fato confirmou minha ideia preconcebida. Prossegui utilizando o telescópio e, naturalmente, "quarenta e um graus e treze minutos" só poderiam aludir à elevação acima da linha do horizonte, desde que a direção horizontal estava claramente indicada pelas palavras "nordeste a norte". Esta última direção estabeleci através do uso de uma bússola de bolso e, então, apontando o telescópio para o ângulo dos quarenta e um graus e treze minutos de elevação que pude fazê-lo por suposição, movi cautelosamente para cima e para baixo, até que minha atenção recaiu em uma fenda circular, ou abertura na folhagem de uma árvore larga que se sobressaía sobre as outras à distância. No centro dessa abertura, percebi um ponto branco, mas não pude, em um primeiro momento, distinguir o que era.

— Ajustando o foco do telescópio, olhei novamente e aí, sim, percebi se tratar de crânio humano. Após essa descoberta, eu estava otimista em considerar este enigma resolvido. Pela frase: "tronco principal, sétimo galho, lado leste", só poderia se referir à posição do crânio acima da árvore, enquanto que, "atireis pelo olho esquerdo da caveira", também apenas admitia uma interpretação, em relação à busca do tesouro enterrado. Percebi que a intenção era deixar cair uma bala através do olho esquerdo do crânio, e em uma curta distância, ou, em outras palavras, uma linha reta, traçada do ponto mais próximo da árvore através do "tiro", ou do local exato onde a bala caísse e, daí, estendendo-se por uma distância de 50 pés, o que indicava um ponto definido, e, por baixo desse ponto, pensei que havia a possibilidade de estar depositado algo de muito valor.

— Tudo isso — falei —, está excessivamente claro e, embora engenhoso, bastante simples e explícito. Quando você deixou o "Hotel do Bispo", o que fez então?

— Ora, tendo tomado cuidadosamente nota da aparência da árvore, voltei para casa. No instante em que saí da "cadeira do diabo", porém, a abertura circular simplesmente desapareceu. Eu sequer podia vê-la novamente, embora me virasse para trás. O que pareceu a mim, em todo esse negócio, foi o fato (e toda a experiência me convenceu de que efetivamente era um fato), de que a abertura circular em questão tão somente era visível do ponto exato na saliência da rocha.

"Nessa expedição ao 'Hotel do Bispo' fui auxiliado por Jupiter, que, sem dúvida alguma, observara nas semanas anteriores, minha total abstração em meu comportamento, e tomou um cuidado extra em não deixar-me só. Mas, no dia seguinte, levantei-me muito cedo, e escapuli de sua presença, dirigindo-me às colinas, em busca da árvore. Após muito pesquisar, encontrei-a. Quando voltei pra casa naquela mesma noite, meu criado propôs até mesmo castigar-me com uma surra. Do restante da aventura, acredito que você sabe tanto quanto eu mesmo."

— Suponho — disse eu —, que você errou o local, na primeira tentativa de cavar, por conta da estupidez de Jupiter em deixar cair o escaravelho pelo olho direito, ao invés do esquerdo do crânio.

— Exatamente. Este erro fez toda a diferença em cerca de duas polegadas e meia do "tiro", isto é, na posição da estaca mais próxima da árvore. E se o tesouro estivesse posicionado exatamente abaixo do "tiro", o erro teria tido pouca importância, mas "o tiro", associado com o ponto mais próximo da árvore, formavam uma linha estabelecida. É claro que o erro, embora trivial no início, aumentava à medida em que prosseguíamos com a linha e, ao completarmos os 50 pés, levou-nos totalmente fora da direção. Mas, não fossem minhas impressões firmemente solidificadas de que ali havia um tesouro enterrado, provavelmente poderíamos ter perdido todo nosso trabalho em vão.

— Mas sua grandiloquência, e conduta em balançar o besouro, foi tão... excessivamente extravagante! Tinha certeza de que você enlouquecera. E por que insistiu em deixar cair o escaravelho, ao invés de uma bala, do crânio?

— Ora, para ser bem franco, eu estava bastante aborrecido com suas suspeitas evidentes no tocante à minha sanidade, e resolvi puni-los, calmamente, à minha própria maneira, com um pouquinho de miséria sóbria. Por esta razão fazia girar ao escaravelho, e por esta mesma razão fiz com que fosse atirado da árvore. Uma observação sua a respeito do peso sugeriu-me esta ideia.

— Sim, percebo. E agora, há apenas um ponto que me deixa encucado. O que faremos nós com os esqueletos encontrados no buraco?

— Aí está uma questão que não me encontro capaz de responder assim como você. Parece-me, no entanto, haver apenas um meio plausível para explicar o caso... E ainda assim, é terrível acreditar em tal atrocidade do que minha sugestão poderia implicar. É claro que Kidd, — se ele realmente tiver escondido esse tesouro, o que não duvido —, claro que ele teve ajuda nesse trabalho. Mas, concluído o serviço, ele pode ter achado prudente eliminar todos os participantes que conheciam seu segredo. Talvez um par de golpes com uma picareta fossem o suficiente, enquanto seus colaboradores estavam ocupados cavando; talvez tenha requerido uma dúzia... quem poderá dizer?

fontes
manuale
acumin pro

@novoseculoeditora
nas redes sociais

gruponovoseculo
.com.br